दिवास्वप्न

दिवास्वप्न

गिजुभाई

प्रकाशक

प्रभात प्रकाशन प्रा. लि.

4/19 आसफ अली रोड, नई दिल्ली–110002

फोन : 011–23289777 • हेल्पलाइन नं. : 7827007777

इ–मेल : prabhatbooks@gmail.com ❖ वेब ठिकाना : www.prabhatbooks.com

संस्करण

2026

पेपरबैक मूल्य

दो सौ पचास रुपए

मुद्रक

नरुला प्रिंटर्स, दिल्ली

———— ★ ————

DIWASWAPNA

by Shri Gijubhai

Published by **PRABHAT PRAKASHAN PVT. LTD.**

4/19 Asaf Ali Road, New Delhi-110002

ISBN 978-93-5266-508-2

₹250.00 (PB)

जवाब दीजिए

मैं खेलूँ कहाँ?
मैं कूदूँ कहाँ?
मैं गाऊँ कहाँ?
मैं किसके साथ बात करूँ?
बोलता हूँ तो माँ को बुरा लगता है।
खेलता हूँ तो पिताजी खीझते हैं।
कूदता हूँ तो बैठ जाने को कहते हैं।
गाता हूँ तो चुप रहने को कहते हैं।
अब आप कहिए कि मैं कहाँ जाऊँ, क्या करूँ?

कैसे चैन आए?

जब तक बच्चे घरों में मार खाते हैं,
और विद्यालयों में गालियाँ खाते हैं,
तब तक मुझे चैन कैसे आए?
जब तक बच्चों के लिए पाठशालाएँ वाचनालय,
बाग-बगीचे और क्रीड़ांगण न बनें,
तब तक मुझे चैन कैसे आए?
जब तक बच्चों को प्रेम और सम्मान नहीं मिलता,
तब तक मुझे चैन कैसे आए?

—गिजुभाई

दो शब्द

मुझसे किसी ने कहा कि भारी-भरकम तात्त्विक लेखों के बजाय यदि मैं शैक्षिक विचारों को कथा-शैली में सँजोऊँ तो? मुझे प्रयत्न करने की प्रेरणा मिली, फलस्वरूप यह 'दिवास्वप्न' कृति रची गई।

दिवास्वप्नों का मूल मास्सबिफ अनुभव हो, तो वे मिथ्या नहीं जाते। यह 'दिवास्वप्न' मेरे जीवंत अनुभवों में से उपजी है, और मुझे विश्वास है कि प्राणवान, क्रियावान, निष्ठावान शिक्षक अपने लिए भी इसे उपयोगी पाएँगे।

—गिजुभाई

अनुक्रम

प्रथम खंड

प्रयोग का आरंभ

1

मैंने पढ़ा और सोचा तो बहुत-कुछ था, परंतु मुझे अनुभव न था। मैंने सोचा कि मुझे स्वयं अनुभव भी करना चाहिए, तभी मेरे विचार परिपक्व बनेंगे। तभी मालूम होगा कि मेरी आज की कल्पना में कितनी सच्चाई और कितना खोखलापन है।

मैं शिक्षा-विभाग के बड़े अधिकारी के पास गया और उनसे प्रार्थना की कि मुझे प्राथमिक पाठशाला की एक कक्षा सौंप दें।

अधिकारी थोड़ा हँसे और बोले, ''रहने दो, भाई! यह काम तुम्हारे वश का नहीं। बच्चों को पढ़ाना और वह भी प्राथमिक पाठशाला के बच्चों को, ऐसा काम है, जिसमें एड़ी-चोटी का पसीना एक करना पड़ता है। तुम तो लेखक और विचारक ठहरे। कुरसी पर बैठकर लेख लिखना आसान है और कल्पना में पढ़ा देना भी आसान है, कठिन है केवल प्रत्यक्ष काम करना और उसे पूर्णता तक पहुँचाना।''

मैंने कहा, ''इसीलिए तो मैं स्वयं अनुभव लेना चाहता हूँ। अपनी कल्पना में मुझे वास्तविकता को लाना है।''

अधिकारी ने कहा, ''ठीक है, यदि तुम्हारी प्रबल इच्छा है, तो खुशी से एक साल तक अनुभव करो। मैं तुम्हें प्राथमिक पाठशाला की चौथी कक्षा मैं तुम्हें सौंप रहा हूँ। यह उसका पाठ्यक्रम है, ये उसमें चलनेवाली कुछ पाठ्यपुस्तक हैं, और ये शिक्षा-विभाग की छुट्टी आदि के कुछ नियम हैं।''

मैंने बड़ी सम्मान भरी दृष्टि से उन सब चीजों को देखा। पाठ्यक्रम

हाथ में लेकर जेब में रखा और पाठ्यपुस्तकों को एक सुतली से बाँधने लगा।

साहब ने टोका, ''देखो, जैसे चाहो वैसे प्रयोग करने की स्वतंत्रता तो तुम्हें है ही; इसके लिए तो तुम आए ही हो। लेकिन यह भी ध्यान में रखना कि बारहवें महीने में परीक्षा भी होती है और तुम्हारा काम परीक्षा की माप से मापा जाएगा।''

मैंने कहा, ''मंजूर है, लेकिन मेरी एक प्रार्थना है, परीक्षक आप खुद ही रहें। स्वयं आप ही को मेरे काम का मूल्यांकन करना पड़ेगा। चूँकि प्रयोग करने की स्वतंत्रता आप दे रहे हैं, तो आप ही को अपना काम दिखाकर मैं संतोष भी मानूँगा। आप ही मेरी सफलता-निष्फलता के कारण ठीक से समझ सकेंगे।''

अधिकारी महोदय ने हँसकर स्वीकृति में सिर हिलाया और मैं उनके कार्यालय से बाहर निकल आया।

2

मैं सारा पाठ्यक्रम देख चुका था। मुझे विश्वास हो गया था कि कई फेर-बदल करने पड़ेंगे। पाठ्यपुस्तकों पर भी एक नजर डाली। गुण-दोष आँखों के सामने तैरने लगे। क्या-क्या सुधार हो सकेंगे, यह भी विचार कर लिया। मन में मानो पहले दिन से आखिरी दिन तक के काम का एक चित्र बन गया। परीक्षा और उसके परिणाम के दिन की भी मैंने कल्पना कर ली और इन बातों की योजना बनती गई कि सारा साल इस तरह काम चलेगा, ऐसा काम होगा और यह परिणाम आएगा। विचारों-ही-विचारों में रात के दो कब बज गए, पता न चला। आखिर अगले दिन के कार्यक्रम को कागज पर उतारकर तीन बजते-बजते मैं सो गया।

सवेरा हुआ। उत्साह था, श्रद्धा थी, वेग था। नहा-धोकर, अल्पाहार करके मैं ठीक समय पर तीसरे नंबर की पाठशाला में जा पहुँचा। अभी शाला खुली नहीं थी। हमारे प्रधानाध्यापक भी नहीं आए थे। चपरासी उनके घर चाबी लेने गया था। लड़कों का आना-जाना शुरू था और सड़क पर उनकी दौड़-धूप मची हुई थी।

मैं सोच रहा था, कब पाठशाला खुले और कब कक्षा को सँभालकर काम शुरू करूँ? कब अपनी नई योजनाएँ पेश करूँ? कब व्यवस्था और शांति स्थापित करूँ? कब रसिक रीति से पाठ समझाऊँ? और कब छात्रों के मन वश में कर लूँ? उस समय शायद मेरे दिमाग में खून बड़ी तेजी से चक्कर काट रहा होगा!

घंटी बजी। लड़के कक्षा में आकर बैठे और प्रधानाध्यापक ने मेरे साथ आकर मुझे मेरी कक्षा दिखाई और लड़कों से कहा, "देखो, ये महाशय लक्ष्मीशंकर आज से तुम्हारे शिक्षक हैं। ये कहें, वैसा ही करना। इनकी आज्ञा मानना। देखना, कोई ऊधम न मचाना।"

प्रधानाध्यापक बोल रहे थे और इधर मैं अपने अगले बारह महीनों के साथियों को सामने देख रहा था। कोई मुसकराया, किसी ने तिरछी निगाह करके आँख मारी, किसी ने ऐंठ के साथ सिर हिलाया, कुछ मेरे सामने आश्चर्य और मजाक के भाव से देखते रहे और कुछ भौचक खड़े रहे।

मैंने देखा कि इन बालकों को मुझे पढ़ाना था—इन मसखरे, ऊधमी, ऐंठबाज और चित्र-विचित्र लड़कों को! मन थोड़ा शह तो खा गया, थोड़ी छाती भी धड़क गई, लेकिन सोचा—परवाह नहीं, धीरे-धीरे सब ठीक हो जाएगा।

मैंने रात टीपी हुई बातें जेब से निकालकर देख लीं। लिखा था—पहले शांति का खेल, फिर कक्षा की सफाई की जाँच, फिर सहगान, फिर वार्त्तालाप आदि।

मैंने लड़कों से कहा, "आओ, हम शांति का खेल खेलें। देखो, मैं जब 'ॐ शान्तिः' कहूँ, तब तुम सब चुपचाप बैठ जाना। बराबर पालथी मारकर बैठना। देखो, कोई हिलना-डुलना तक नहीं। फिर मैं दरवाजे बंद करूँगा और अँधेरा होगा। तुम सब शांत रहना। तुम्हें आसपास का कोलाहल सुनाई देगा। उसे सुनने में बड़ा मजा आएगा। तुम्हें मक्खियों की भिनभिनाहट सुनाई पड़ेगी। तुम्हें अपना श्वासोच्छ्वास भी सुनाई पड़ेगा। फिर मैं गाऊँगा और तुम सुनना।"

इतना कह चुकने के बाद मैंने शांति का खेल शुरू किया। मैं 'ॐ शान्तिः' बोला, लेकिन लड़के तो धक्का-मुक्की में और बातों में लगे थे। दो-चार बार

बोला, लेकिन मानो हवा ही में न बोलता होऊँ। मैं मन में सकपकाया। यह तो कैसे कहता कि 'चुप रहो! गड़बड़ न करो!' तमाचा मारकर डराता भी कैसे? खैर, मैं आगे बढ़ा और खिड़कियाँ बंद कीं। अँधेरा हुआ और ध्यान (?) चला। लड़कों में से कोई 'ऊँ-ऊँ' करने लगा, कोई 'हाऊ-हाऊ' करने लगा, तो कोई 'धम-धम' पैर पटकने लगा। इतने में एक ने ताली बजाई और सब ताली बजाने लगे। फिर कोई हँसा और हँसी उड़ने लगी। मैं खिसिया गया। मेरा मुँह फीका पड़ गया। मैंने खिड़कियाँ खोल दीं और थोड़ी देर कमरे के बाहर जाकर वापस आया। सारी कक्षा ऊधम मचाने में लगी थी। लड़के एक-दूसरे से 'ॐ शांति:' कह रहे थे। कुछ खड़े होकर खुद ही खिड़कियाँ बंद कर रहे थे।

मैंने सोचा, मेरे ये नोट्स तो बेकार हैं। घर में बैठे-बैठे 'नोट्स' लिखकर कल्पना में पढ़ा देना सरल था, लेकिन यह तो लोहे के चने चबाना है। जो अब तक कोलाहल और ऊधम में पले हुए हैं, उनके सामने शांति का खेल अभी तो भैंस के सामने भागवत पढ़ने के समान है। लेकिन चिंता नहीं। अच्छा ही हुआ कि पहले ही कौर में यह मक्खी आ गई। कल से अब नया आरंभ करूँगा।

मैं कक्षा में आया और लड़कों से कहा, "भाइयो, आज अब अधिक काम नहीं करेंगे। अब कल से अपना नया काम शुरू होगा। आज तुम छुट्टी मनाओ।"

'छुट्टी' शब्द सुनते ही लड़के 'हो-हो' करके कमरे से बाहर निकले और सारे विद्यालय में खलबली मच गई। सारा वातावरण 'छुट्टी, छुट्टी, छुट्टी' की आवाज से गूँज उठा! लड़के उछलते-कूदते और छलाँगें भरते घर की तरफ भागने लगे।

पड़ोस के शिक्षक और विद्यार्थी ताकते रह गए। 'यह क्या है?' प्रधानाध्यापक एकदम मेरे पास आए और जरा भौंहें तानकर बोले, "आपने इन्हें छुट्टी कैसे दे दी? अभी तो दो घंटों की देर है।"

मैंने कहा, "जी, लड़के आज अभिमुख न थे। वे आज अव्यवस्थित भी थे। शांति के खेल में मैंने यह अनुभव किया था।"

प्रधानाध्यापक ने कड़ी आवाज में कहा, "लेकिन इस तरह आप बगैर

पूछे छुट्टी नहीं दे सकते। एक कक्षा के लड़के घर जाएँ तो दूसरे पढ़ेंगे कैसे? आपके ये प्रयोग यहाँ नहीं चल पाएँगे।''

उन्होंने जरा रोष में आकर फिर कहा, ''अपनी यह अभिमुखता-फभिमुखता रहने ही दीजिए। शांति का खेल तो होता है मोंटीसोरी शाला में। यहाँ प्राथमिक पाठशाला में तो चट तमाचा मारा नहीं और पट सब चुप हुए नहीं! और फिर नियमानुसार सब पढ़ते-पढ़ाते हैं। आप भी उसी तरह पढ़ाएँगे, तो बारह महीनों में परिणाम नजर आएगा। आज का दिन तो यों ही गया और उल्लू बने सो अलग से।''

मुझे अपने प्रधानाध्यापक पर दया आई। मैंने कहा, ''साहब, तमाचा मारकर पढ़ाने का काम तो दूसरे सब कर ही रहे हैं और उसका फल मैं तो यह देख रहा हूँ कि लड़के बेहद असभ्य, जंगली, अशांत और अव्यवस्थित हैं। मैं तो यह भी देख सका हूँ कि इन चार वर्षों की शिक्षा में लड़के मानो यही सीखे हैं, 'हा-हा', 'हू-हू' और तालियाँ बजाना! उन्हें अपनी पाठशाला से प्रेम तो है ही नहीं। छुट्टी का नाम सुना नहीं कि उछलते-कूदते भाग चले!''

प्रधानाध्यापक बोले, ''तो अब आप क्या करते हैं, वह भी देख लेंगे।''

मैं थके कदमों और बैठे दिल से घर लौटा। लेटे-लेटे विचार करने लगा—भई, काम तो मुश्किल है! लेकिन इसी में तो मेरी सच्ची परीक्षा है। चिंता नहीं। हिम्मत नहीं हारनी चाहिए। इस तरह कहीं 'शांति का खेल' होता है? मोंटीसोरी-पद्धति में इसके लिए पहले से कितनी तालीम दी जाती है। मैं भी थोड़ा मूर्ख तो हूँ ही कि पहले ही दिन यह काम शुरू कर दिया। पहले मुझे उन लोगों से थोड़ा परिचय बढ़ाना चाहिए। मेरे लिए उनके दिल में कुछ प्रेम और रस पैदा होना चाहिए। तब कहीं वे मेरा कुछ कहना मानेंगे। जहाँ पाठशाला नहीं, बल्कि छुट्टी प्यारी है, वहाँ काम करने के माने हैं भगीरथ की गंगा को लाना!

दूसरे दिन के काम की बात निश्चित कर मैं सो गया। रात तो आज के और अगले दिन के काम के सपने देखने में ही बीत गई!

3

जैसे ही पाठशाला खुली और मैं कक्षा में उपस्थित हो गया। लड़के मुझे घेरकर खड़े हो गए और मौज में आकर, मजाकिया तौर पर, लेकिन बिना डरे कहने लगे—"मास्टर साहब, आज भी छुट्टी दीजिए न? आज भी, छुट्टी, छुट्टी, छुट्टी!"

मैंने कहा, "अच्छी बात है, छुट्टी तो आज भी दूँगा। लेकिन सारे दिन की नहीं, दो घंटे की। पहले ठहरो, मैं तुम्हें एक कहानी सुनाता हूँ। तुम सब सुनो। बाद में हम दूसरी बातें करेंगे।"

मैंने तुरंत ही कहानी शुरू की।

एक था राजा, उसके थीं सात रानियाँ! सातों के सात कुँवर और सातों की सात राजकुमारियाँ!"

गड़बड़-गड़बड़ और हो-हल्ला मचाते हुए सब लड़के मुझे घेरकर बैठ गए। कहानी कहते-कहते मैं जरा रुका और बोला, "देखो, सब अच्छी तरह बैठो। यों तो काम न चलेगा।"

सब कुछ-कुछ ठीक बैठ गए और कहने लगे, "तो जल्दी कहानी कहिए न? जल्दी कहिए, आगे क्या हुआ?"

मैंने मुसकराते हुए शुरू किया—

"उन सातों राजकुमारियों के सात-सात महल और महल-महल में सात-सात मोती के झाड़!"

लड़के तो फटी आँखों कहानी सुनने लगे। सारी कक्षा में सन्नाटा छा गया। न कोई बोलता था, न चालता था। प्रधानाध्यापक ने सोचा होगा, आज इस कक्षा में इतनी अधिक शांति क्यों है? बस वे कक्षा में आ धमके। मुझसे बोले, "कहिए, कहानी सुना रहे हैं?"

मैंने कहा, "जी हाँ! कहानी और यह नए प्रकार का शांति का खेल, दोनों साथ-साथ चल रहे हैं।"

प्रधानाध्यापक वापस लौट गए। मेरी कहानी चल रही थी। उधर आसपास की कक्षाओं में बड़ा कोलाहल हो रहा था। मैंने कहा, "देखो, आसपास कैसी

गड़बड़ हो रही है?'' सब लड़कों ने उस कोलाहल के प्रति अपना तिरस्कार प्रकट किया।

कहानी आधी खत्म हुई और मैंने कहा, ''बोलो भाइयो, छुट्टी चाहते हो, तो बंद कर दूँ! नहीं तो कहानी आगे चालू रखूँ।''

सब बोले, ''चालू, चालू! हम छुट्टी नहीं चाहते।''

मैंने कहा, ''अच्छी बात है, तो अब कहानी सुनो।'' लेकिन मैं बोला, ''बीच में हम थोड़ी बातचीत कर लें। फिर घंटी बजने तक मैं कहानी ही सुनाऊँगा।''

एक लड़का बोला, ''नहीं, बातचीत कल कीजिएगा। जल्दी से कहानी कहिए कि पूरी हो।''

मैंने कहा, ''कहानी तो इतनी लंबी है कि चार दिन चलेगी।''

सब बोले, ''ओहो! इतनी लंबी! तब तो बड़ा मजा आएगा!''

मैंने जेब से रजिस्टर निकाला और नाम लिखना शुरू किया। सबने बारी-बारी से अपने नाम लिखवाए, पट-पट और झट-झट! फिर मैंने हाजिरी ली और कहा, ''देखो, अब से हम कहानी शुरू करने से पहले हाजिरी भरेंगे, फिर कहानी कहेंगे।'' इतना कहकर मैंने कहानी जो छेड़ी, सो ठेठ घंटी बजने तक।

समय पूरा हो चुका था, लेकिन लड़के तो कहते थे, ''नहीं, अभी बैठिए और कहानी कहिए।''

मैंने कहा, ''बस भाइयो, अब कल।'' फिर पूछा, ''कल छुट्टी या कहानी?'' सब बोले, ''कहानी, कहानी, कहानी!'' यह कहकर सब लड़के चले गए।

कल के 'छुट्टी, छुट्टी, छुट्टी' शब्दों के बदले आज वातावरण में 'कहानी, कहानी और कहानी' शब्द गूँज उठे।

मैंने सोचा, 'चलो, आज का दिन तो कुछ अच्छा गुजरा! यह सच है कि कहानी एक अजब जादू है और सोलह आने सच है।'

4

दूसरे दिन सवेरे सब लड़के मुसकराते-मुसकराते आए और मैं कक्षा में पहुँचा कि एक-पर-एक गिरते-पड़ते मुझे घेरकर बैठ गए। बोले, ''चलिए, मास्टर साहब, अब कहानी कहिए।''

मैंने कहा, ''पहले हाजिरी, फिर थोड़ी बातचीत और फिर हमारी कहानी।''

जेब से खड़िया मिट्टी निकालकर मैंने एक गोलाकार बनाया और कहा, ''देखो, रोज इसपर आकर बैठा करना।'' बैठकर दिखाते हुए कहा, ''इस तरह। यह जगह मेरी। यहाँ बैठकर मैं कहानी कहूँगा।''

सब बैठ गए, मैं भी बैठा। हाजिरी ली और कहानी शुरू की। सब अभिमुख थे। कहानी छेड़ दी। मंत्रमुग्ध पुतलों की तरह सब सुन रहे थे। बीच में कहानी रोककर मैंने कहा, ''कहो, तुम्हें कहानी कैसी लग रही है ?''

''हमें तो कहानी बहुत अच्छी लग रही है।''

''जैसे तुम्हें कहानी सुनना पसंद है, क्या वैसे ही कहानी पढ़ना भी पसंद है ?''

''हाँ, हमें पढ़ना भी पसंद है। लेकिन ऐसी किताबें मिलती कहाँ हैं ?

''अगर मैं कहानी की ऐसी किताबें तुम्हें ला दूँ, तो तुम पढ़ोगे या नहीं ?''

''पढ़ेंगे, जरूर पढ़ेंगे !''

इतने में एक चतुर लड़का बोला, ''लेकिन आपको कहानी कहनी तो होगी ही। अकेले हमें पढ़नी ही पड़े, सो नहीं।''

मैंने कहा, ''अच्छा।'' और कहानी आगे चलाई।

घंटी बजी और मेरी कहानी अटकी। सब मुझे घेरकर खड़े हो गए। कुछ तो मेरे सामने प्रेम से ताकने लगे। कुछ मेरे हाथ को धीरे-धीरे छूने और मन में मगन होने लगे।

मैंने कहा, ''जाओ, अब भाग जाओ। विद्यालय से घर जाओ।''

लड़के बोले, ''जी, नहीं जाते। आप कहानी कहिए, हम शाम तक बैठेंगे।''

लड़के गए और कुछ शिक्षक मेरे पास आए। कहने लगे, "भाई साहब, आपने तो खूब कही। अब हमारी कक्षा के लड़के भी कहानी सुनना चाहते हैं। आजकल वे पढ़ने में ध्यान ही नहीं लगाते। बार-बार यही कहते हैं, हम तो कहानी सुनने जाएँगे, नहीं तो आप ही कहानी सुनाइए।"

मैंने कहा, "कुछ कहते रहिए न?"

वे बोले, "लेकिन कहना आता किसे है? कहें तो तब न, जब एक भी कहानी याद हो!"

मैं मूँछों में मुसकराता रहा।

5

दूसरे दिन रविवार था। मैं उस दिन बड़े साहब से मिलने गया।

साहब ने कहा, "भाई, प्रधानाध्यापक कहते थे, तुम तमाम वक्त कहानी ही सुनाया करते हो।"

मैंने कहा, "जी हाँ, अभी तो कहानी ही चल रही है।"

साहब ने पूछा, "तो फिर प्रयोग कब करोगे और अभ्यास कैसे पूरा होगा?"

मैंने कहा, "साहब, प्रयोग तो चल ही रहा है। अब तो मैं खुद अनुभव कर रहा हूँ कि विद्यार्थियों को और शिक्षकों को एक-दूसरे के नजदीक लाने में कहानी कितनी अजब और जादू भरी चीज है। पहले दिन जो लड़के मेरी सुनते तक न थे, और जो 'हा-हा, ही-ही' करके मुझे परेशान कर रहे थे, वे ही, जब से कहानी सुनने को मिली है, तब से धीर-शांत बन गए हैं। मेरी ओर प्रेम से देखते हैं। मेरा कहा सुनते हैं। कहता हूँ, उसी प्रकार बैठते हैं। 'चुप रहो, गड़बड़ न करो' तो मुझे कभी कहना ही नहीं पड़ता और कक्षा में से तो निकालने पर भी नहीं निकलते।"

साहब ने कहा, "अच्छा, यह तो समझा। लेकिन अब नई रीति से सिखाना कब शुरू करोगे?"

मैंने कहा, "जी, सिखाने की यही तो नई रीति है। कहानी के द्वारा आज

व्यवस्था सिखाई जा रही है; अभिमुखता का अभ्यास हो रहा है; भाषा-शुद्धि और साहित्य का परिचय दिया जा रहा है। कल कुछ दूसरी बातें भी सिखानी शुरू की जाएँगी।''

साहब बोले, ''लेकिन देखना, कहीं कहानी-कहानी ही में पूरा साल बरबाद न हो जाए।''

मैंने कहा, ''जी, इसकी आप चिंता मत कीजिए।''

6

कहानी के लिए कक्षा के विद्यार्थी गोलाकार जमकर बैठे थे। मैंने तख्ते पर लिखा—

आज का काम—हाजिरी, बातचीत, कहानी। हाजिरी भरने के बाद मैंने बातचीत छेड़ी। मैंने कहा, ''लाओ देखें, तुम्हारे नाखून कितने बढ़े हुए हैं? सब खड़े होकर अपने हाथ तो दिखाओ।''

हर एक लड़के के नाखून बढ़े हुए थे। नाखूनों में मेल भी खूब जमा था।

मैंने कहा, ''अपनी-अपनी टोपी हाथ में लो और देखो, कितनी मैली और कैसी फटी-टूटी है?''

सबने अपनी टोपियाँ देखीं। किसी बिरले की ही टोपी ठीक-ठाक थी।

मैं बोला, ''देखो, तुम्हारे कोट के बटन साबुत हैं?''

फिर मैंने कहा, ''आज और ज्यादा जाँच नहीं होगी। कहानी में देर हो रही है।'' यह कहकर मैंने कहानी शुरू कर दी।

कहानी के बीच में एक लड़के ने पूछा, ''जी, कहानी की किताबों का क्या हुआ?''

मैंने कहा, ''एक-दो दिन में ले आऊँगा। हाँ, जो कहानी की किताबें पढ़ना चाहते हों, वे अपने हाथ उठाएँ।''

हर एक विद्यार्थी का हाथ उठा हुआ था।

मैंने पूछा, ''तुमने कहानी की जो-जो किताबें पढ़ी हों, उनके नाम तो बताओ।'' कुछ लड़कों ने दो-चार कहानियाँ पढ़ी थीं। वे चौथी कक्षा तक

आ चुके थे, फिर भी उन्होंने पाठ्यपुस्तकों को छोड़कर और पुस्तकें बहुत ही कम पढ़ी थीं।

मैंने पूछा, ''तुम में से कोई मासिक-पत्र भी पढ़ता है?'' दो लड़कों ने कहा, ''जी, हम 'बाल-सखा' पढ़ते हैं।''

मैंने कहा, ''अच्छी बात है। मैं कहानियाँ लाऊँगा और तुम पढ़ना। इतनी अधिक कहानियाँ लाऊँगा कि तुम पढ़ते-पढ़ते थक जाओगे।''

सब लड़के बहुत ही प्रसन्न दिखाई पड़े।

फिर कहानी आगे बढ़ी, सो घंटी बजने तक चली। छुट्टी हुई तो मैंने कहा, ''भाई, एक बात सुनते जाओ। गोले पर बैठकर सुनो। कल ये नाखून कटवाकर आना! खुद काट सको तो खुद काट लेना, नहीं तो बाबूजी से कहना या फिर नाई आए, तो उससे कटवा लेना।''

एक बोला, ''जी, मैं तो दाँत से काट लूँगा।''

मैंने कहा, ''नहीं भाई, ऐसा मत करना। नाखून या तो नहनी से कटते हैं या छुरी से।''

मैंने फिर कहा, ''एक तमाशा हम और करेंगे।''

सब बोले, ''वह क्या?''

''तुम नंगे सिर पाठशाला आया करो। यह गंदी टोपी किस काम की? और हमें टोपी की जरूरत ही क्या है?''

सब हँस पड़े। कहने लगे, ''भला, नंगे सिर भी आ सकते हैं, प्रधानाध्यापक नाराज न होंगे?''

मैंने कहा, ''कल से मैं नंगे सिर ही आऊँगा, आप सब भी आना।''

लड़के बोले, ''लेकिन बाबूजी मना करेंगे तो?''

''तो कह देना कि यह तो फिजूल का बोझ है। गंदी टोपी पहनने से तो न पहनना ही अच्छा है।''

मैंने और भी कहा, ''देखो, कोट के बटन जरूर लगवाकर आना। ऐसे तो अच्छा नहीं लगता।'' सब मन में विचार करते-करते घर चले गए।

रास्ते में मुझे प्रधानाध्यापकजी मिले। कहने लगे, ''अजी भाई साहब, तुम

तो कुछ-का-कुछ कर रहे हो। ये सब ढोंग क्यों करते हो? नाखून कटवाना और बटन लगवाना, और यह, और वह। नए ढंग से पढ़ाना सिखाने आए हो तो पढ़ाओ न! ये काम तो माँ-बाप के हैं। वे करेंगे। नहीं तो हमें क्या पड़ी है? और सुनो, लड़कों को नंगे सिर तो पाठशाला में आने नहीं दिया जा सकता। यह तो असभ्यता होगी। इसके लिए साहब के हुक्म की जरूरत है।''

मैंने कहा, ''साहब, पढ़ाई की ये ही तो नई बातें और नई रीतियाँ हैं। मैले-कुचैले और बेढंगे लड़कों की पहली पढ़ाई और क्या हो सकती है? आप ही देखिए न, जब मैंने उन लड़कों से कहा, तो सब-के-सब शरमाए तो सही! उनमें यह खयाल तो पैदा हुआ ही है कि इस तरह गंदा रहना ठीक नहीं। मुझे तो विश्वास है कि आगे बहुतेरे छात्र सफाई से रहने की कोशिश शुरू करेंगे। रही टोपियों की बात, सो इस संबंध में मैं बड़े साहब का मत जान लूँगा। और अलबत्ता, उनकी अनुमति न मिली तो यह परिवर्तन बंद रहेगा।''

मैं घर गया, भोजन किया और तुरंत ही बड़े साहब के घर पहुँचा।

''कहिए, आज इस समय कैसे?''

''जी, एक मामले में आपकी अनुमति लेनी है।''

''कहिए, क्या बात है?''

''क्या कक्षा में मैं और मेरे विद्यार्थी नंगे सिर नहीं आ सकते?''

''क्यों, किसलिए?''

''उनकी टोपियाँ इतनी ज्यादा गंदी और चित्र-विचित्र हैं कि वे बिना टोपी के ही आएँ, तो क्या बुराई है? इस उम्र में उनके सिर यह बोझ न भी हो, तो क्या हानि है?''

''लेकिन लोगों को यह बात विचित्र और हास्यास्पद नहीं लगेगी?''

''सो तो लगेगी ही। पर इस संबंध में आपके क्या विचार हैं?''

''मेरे विचार में तो अपने इस प्रयोग के सिलसिले में हम ऐसी सामाजिक बातों को न छुएँ तो ही अच्छा हो। हमें तो पाठशाला की चहारदीवारी के अंदर बैठकर यही देखना है कि आज की शिक्षा-प्रणाली में क्या और कैसे सुधार हम कर सकते हैं। टोपी-वोपी को तो छोड़ो भाई!''

''आपका यह विचार मुझे थोड़ा संकुचित तो लगता है, लेकिन मैं तत्काल ही इसके लिए आग्रह नहीं करूँगा। शुभारंभ में ही मैं लोगों का और आपका विरोध मोल लेना नहीं चाहता।''

मैंने कहा, ''यदि लड़के कक्षा में नंगे सिर रहकर काम करें, तब तो कोई एतराज नहीं होगा न?''

साहब ने कहा, ''नहीं, बिल्कुल नहीं। कक्षा में तो आप मनचाहा सुधार कीजिए। ऐसा करते-करते यदि लोग उसे स्वीकार कर लें, तो टोपी पहनाने का मेरा अपना आग्रह बिल्कुल नहीं है।''

मैंने कहा, ''बहुत अच्छा। अब एक दूसरी बात भी पूछ लेता हूँ। मुझे अपनी कक्षा में एक छोटा सा पुस्तकालय स्थापित करना है। उसके लिए मुझे रुपए मिल सकेंगे?''

साहब ने कहा, ''रुपए? भला, रुपए कैसे मिल सकते हैं? यह प्रयोग तो एक तरह से तुम्हारे और मेरे बीच का है। बजट में जितने रुपए हैं, उन्हीं से हमें तो शाला चलानी है। तुम्हारी पाठशाला के तुम्हारे दर्जे के हिस्से में जो आठ-बारह आने आएँ, उन्हीं से सब खर्च चलाना होगा।''

मैंने कहा, ''तब क्या हो?''

साहब बोले, ''तो अभी तो इस विचार को रहने दो।''

मैंने कहा, ''मेरे पास एक दूसरी योजना भी है। पर आप स्वीकार करें, तब न? और वह यह है कि हर एक छात्र को पाठ्यपुस्तकें तो खरीदनी ही पड़ती हैं। हिंदी की चौथी पुस्तक, उसकी कुंजी और इतिहास की किताबें तो सब छात्र खरीदते ही हैं।''

''हाँ, सच है।''

''तो मैं यह कहना चाहता हूँ कि छात्रों से पाठ्यपुस्तकें न खरीदवाई जाएँ और उन पुस्तकों की कीमत में अच्छी-अच्छी पढ़ने योग्य पुस्तकें खरीद ली जाएँ तथा उनका एक पुस्तकालय बना दिया जाए।''

''अच्छा, लेकिन पाठ्यपुस्तकों के बिना पढ़ाओगे कैसे?''

''जी, मैंने इसका विचार कर लिया है। पढ़ाने की पद्धति के परिवर्तन

पर मुझे पूरा विश्वास है। मैं आपको काम करके दिखाऊँगा और इस संबंध में आपको पूरा विश्वास भी दिला सकूँगा।''

''बहुत अच्छा; मैं मानता हूँ कि प्रयोग तुम्हारा है और परिणाम भी तुम्हीं को दिखाना है। लेकिन मुझे थोड़ी चेतावनी तो दे ही देनी चाहिए। देखो, छात्रों को आवारा न बनने देना। प्रयोग में मैं तुम्हारे साथ तो हूँ ही; लेकिन जरा डर सा लगा रहता है।''

मैंने कहा, ''साहब, आप विश्वास रखिए। एक बार देखिए तो सही! प्रयत्न हमारा है और ईश्वर ने चाहा तो सफलता भी हमारी ही होगी।''

''अच्छा, लेकिन वर्ष के अंत में तुम्हारे इस पुस्तकालय का क्या होगा? छात्रों में वे किताबें बाँट दोगे?''

''जी हाँ, एक तरह से किताबें सारी कक्षा की ही होंगी और ये कक्षा वालों को वापस मिलनी ही चाहिए। लेकिन यदि मैं माँ-बापों को समझा सका कि वे पुस्तकें वापस न माँगें और कक्षा के पुस्तकालय में ही रहने दें, तो पुस्तकालय स्थायी बना रहेगा और हर साल उसमें नई-नई किताबें बढ़ती रहेंगी।''

''न जाने, लोगों को तुम्हारी बात गले उतरेगी कि नहीं। वैसे विचार तो उत्तम है। अवश्य ही इसे एक अवसर तो दे ही दो। लेकिन फिर भी सवाल यह उठता है कि पढ़ाते समय पाठ्यपुस्तकों के बिना कैसे काम चलाओगे?''

''जी, मैंने सबकुछ सोच रखा है।''

साहब से विदा होकर मैं घर आया।

7

दूसरे दिन पाठशाला खुली। मैंने सोचा था, शायद लड़के नंगे सिर आवेंगे। लेकिन मेरी आँखें खुल गईं! मालूम हुआ कि माँ-बाप ने वैसा करने से इनकार किया है। उन्होंने कहा था, 'नंगे सिर भी कहीं जाते हैं? तुम्हारा शिक्षक तो पागल है!'

मैंने नाखून देखे, लेकिन दो-चार के ही कट पाए। घर की अनेक प्रकार

की कठिनाइयाँ इसका कारण थीं। कोट के बटन सीने की फुरसत किसे थी, जो सी देता। एक माँ ने तो यहाँ तक कहलवा भेजा था कि ''मास्टरसाहब, आप पढ़ाने आए हैं तो पढ़ाइए! पर ये नए-नए नुक्ते क्यों निकालते हैं? हमें भी तो कुछ कामकाज है न कि लड़के के नाखून ही काटते रहें और बटन सी दें और यह कर दें और वह कर दें! हमारे लड़कों का तो ऐसा ही चलता रहता है। हमें तो मरने की भी फुरसत नहीं, फिर आपकी यह बेगार कौन ढोए?''

मैं तो दंग रह गया! सोचा था, पाठशाला खुलते ही कक्षा साफ और सुथरी मिलेगी, लेकिन उसके बदले ऐसे-ऐसे संदेश मिले। खैर, परवाह नहीं। मैंने सोचा, यों तो काम न चलेगा। मुझे एक ओर माँ-बापों का सहयोग प्राप्त करना होगा और दूसरी ओर ऐसी योजना करनी पड़ेगी, जिससे छात्रों को पाठशाला में ही इन बातों का चस्का लग जाए।

उस दिन मैंने उनसे कोई बातचीत नहीं की। बस छूटते ही क़हानी शुरू कर दी और शुरू की हुई कहानी पूरी सुना दी।

लड़के कहने लगे, ''दूसरी कहानी!''

मैंने कहा, ''कल से नई कहानी शुरू करेंगे। आओ, आज थोड़ा खेल लें।''

''खेलें?'' लड़के आश्चर्य से मेरी तरफ ताकने लगे। 'हाँ खेलेंगे। खेल खेलेंगे।' कहो, तुम कौन-कौन से खेल जानते हो?''

''कई खेल जानते हैं। लेकिन उन्हें कक्षा में खेल कैसे सकते हैं?''

''क्यों नहीं खेल सकते?''

''जी, यह तो पाठशाला का समय है। इस समय कहीं लड़के खेलते भी हैं? किसी दिन खेलते देखा है?''

''लेकिन हम तो खेलेंगे। तुम्हारे साथ मैं भी खेलूँगा। आओ, हम खेलें।''

कुछ लड़के तो पुतले की तरह खड़े ही रहे। कुछ 'हू-हू' करते हुए खेलने दौड़े। इतने में तो हो-हल्ला मच गया। दूसरी कक्षा के लड़के भी कमरों में से झाँक-झाँककर देखने लगे और मेरे साथी शिक्षक भी मेरे सामने ताकते रह गए।

इसी बीच प्रधानाध्यापक एकाएक आए और मुझे टोका, "देखिए, यहाँ पास में कोई खेल नहीं खेला जा सकता। चाहो, तो दूर उस मैदान में चले जाइए। यहाँ दूसरों को तकलीफ होती है।"

मैं लड़कों को लेकर मैदान में पहुँचा।

लड़के तो बे-लगाम घोड़ों की तरह उछल-कूद मचा रहे थे। "खेल! खेल! हाँ, भैया खेल!"

मैंने कहा, "कौन सा खेल खेलोगे?"

एक बोला, "खो-खो।"

दूसरा बोला, "नहीं, कबड्डी।"

तीसरा कहने लगा, "नहीं, शेर और पिंजड़े का खेल।"

चौथा बोला, "तो हम नहीं खेलते।"

पाँचवाँ बोला, "रहने दो इसे, हम तो खेलेंगे।"

मैंने लड़कों की ये बिगड़ी आदतें देखीं।

मैं बोला, "देखो भई, हम तो खेलने आए हैं। 'नहीं' और 'हाँ ' और 'नहीं खेलते,' और 'खेलते हैं,' करना हो तो चलो, वापस कक्षा में चलें।"

लड़के बोले, "नहीं जी, हम तो खेलना चाहते हैं।"

मैंने कहा, "तो आओ, आज खो-खो खेलते हैं।" दो लड़के नेता बन जाओ और दूसरे दो सलाह करके आओ।" लड़के गए।

फिर साथी तलाशने में बहुतों को कुछ देर लगी। एक कहता, मैं 'भीड़ू' बनता हूँ; दूसरा कहता, मैं बनता हूँ। आखिर मैंने दो जनों के नाम सुझा दिए और दो टुकड़ियाँ निश्चित कर दीं, तब कहीं खेल शुरू हुआ।

लेकिन यह तो गली-कूचों में खेलनेवाले लड़कों का खेल निकला! कोई जबान बंद करके खेलता ही न था। हर एक बिना वजह कुछ-न-कुछ बोलता ही रहता था : 'हाँ, आओ मियाँजी पकड़ो!', 'बस, पकड़ा, पकड़ा।' 'तुम्हारी क्या बिसात, जो तुम पकड़ सको!', 'ऐ, जरा सँभालना।', 'अरे वाह, जरा देखो तो सही, वह उधर से निकल जाएगा।', 'अरे, ध्यान रखो, ध्यान। देखो, मैं कहता न था कि वह निकल भागेगा?' बड़े बातें करने लगे और उधर से वह निकल भागा! लो, हार गए न!'

मैंने सोचा, यह खेल का मैदान है या भाजी बाजार? खो-खो का खेल है या हल्ले-गुल्ले की बाजी?

खेल खत्म होते ही जीते हुए लड़कों में से एक ने कहा, "लो, हम जीते; हाँ, हमीं जीते! मेहनत तो खूब की, लेकिन कुछ चला भी? भीड़ू अच्छा था तो क्या हुआ?"

सामने वाला चिढ़ा और घुड़का। बोला, "हाँ, मैं हारा! तो बोलो अब क्या करोगे?"

पहले वाला फिर बोला, "तुम हारे, हम जीते! करेंगे क्या? जीते, जीते, जीते।"

हारनेवाले के मुँह पर गुस्सा था। वह बोला, "बस, अब चुप भी रहोगे या नहीं? नहीं तो देखा है यह पत्थर?"

जीतनेवाला बोला, "देखा, देखा! चिढ़ाएँगे, चिढ़ाएँगे और फिर चिढ़ाएँगे। यह हारा, यह हारा, यह हारा!"

उसका गुस्सा काबू में न रहा और उसने उठाकर पत्थर फेंक मारा। पत्थर एक दूसरे छात्र के सिर में लगा और लहू की धार बह चली। मैंने सोचा, यह तो बुरा हुआ। वहीं अपना रुमाल फाड़फर मैंने पट्टी बाँधी। सब लड़कों को अपने पास बुलाकर मैंने कहा, "देखो जी, कल से खेल बंद।"

सब कहने लगे, "लेकिन साहब, यह तो इनकी लड़ाई थी, इसमें हमारा क्या कसूर?"

मैंने कहा, "तुम्हें मेरी दो बातें मंजूर हों, तो मैं खेल खेलाऊँगा।"

सब बोले, "मंजूर हैं, मंजूर हैं!"

मैंने कहा, "पहली बात तो यह कि खेलते समय कोई बिना कारण न बोले। जो बोले, वह अलग हट जाए।"

सबने कहा, "मंजूर है।"

दूसरी बात यह कि खेल में हारने-जीतने की बात ही नहीं। खेल है; एक बार हम कमजोर रहे, तो दूसरी बार दूसरा। इसमें हम हारे और तुम जीते की बात ही क्या है? खेलने का मतलब है, खेलना, कूदना, दौड़ना और

मौज करना। हारना और जीतना और फिर सिर फोड़ना, हमें इसकी जरूरत ही क्या ?''

सब बोले, ''हमें यह भी मंजूर है।''

हम सब खेल-कूदकर पाठशाला में आए। साथ में सिर फूटा हुआ वह लड़का भी था। दूसरे शिक्षक और लड़के उसे देखने बाहर आए। एक मसखरे लड़के ने कहा, ''क्यों, कैसा खेल खेला ?''

दूसरा बोला, ''अरे भाई, ये तो फाग खेलने गए थे।''

छुट्टी हुई और शिक्षक और प्रधानाध्यापक मुझसे मिले। एक शिक्षक ने कहा, ''कहिए, आज तो बड़ा युद्ध करवा दिया आपने ?''

दूसरे शिक्षक बोले, ''अजी साहब, ये खेल-वेल आप रहने दीजिए, यह बारह बापों की प्रजा ठहरी! इसे तो शाला की चहारदीवारी के अंदर ही रखिए और रटाइए-पढ़ाइए। आप इन्हें आजाद कर देंगे, तो ये एक-दूसरे का सिर फोड़ डालेंगे। गलियों में रोज क्या होता है, आप जानते नहीं ?''

प्रधानाध्यापक बोले, ''मैं तो सोच ही रहा था कि आज जरूर कुछ गड़बड़ होगी। लेकिन ठीक ही तो है। इन महाशय को एक बार अनुभव की आवश्यकता है; बिना उसके ये सहज ही चुप न बैठेंगे। कहीं पाठशाला में भी खेल खिलाए जाते हैं ?''

मैंने कहा, ''साहब, खेल ही तो सच्ची पढ़ाई है। दुनिया की बड़ी-बड़ी शक्तियाँ खेल के मैदान पर ही पैदा हुई हैं। खेल का मतलब है—चारित्र्य।''

प्रधानाध्यापक बोले, ''तभी तो मारपीट हुई और सिर फूटा।''

बातचीत चल ही रही थी कि इतने में घायल लड़के का बाप लाल-पीला होता हुआ आ पहुँचा। बोला, ''हमें ऐसी पढ़ाई की जरूरत नहीं। देखिए, यह सिर जो फूट गया। कहाँ हैं प्रधानाध्यापक ? इसे किसने मारा है ?''

मैंने कहा, ''देखिए महाशय, लड़के खेलने गए थे; वहाँ आपस में ये लड़ पड़े और इन्हें चोट लग गई।''

बाप ने कहा, ''तो इसे खेलने की इजाजत किसने दी ? पाठशाला में पढ़ाई होती है या खेल ? सारा दिन गली-कूचों में खेला ही तो करते हैं ? आप लड़के को पढ़ाना चाहते हों तो भेजूँ, नहीं तो बंद कर दूँ।''

मैं चुपचाप सुनता रहा।

प्रधानाध्यापक बोले, "भाई साहब, सुनिए, ये महाशय हमारे एक नए शिक्षक हैं और पढ़ाई के नए-नए प्रयोग करते हैं। आज इन्होंने खेल का एक प्रयोग किया था। यह सिर-फुटौवल उसी का परिणाम है।"

लड़के का बाप बोला, "मुझे आपके इन प्रयोगों की जरूरत नहीं। लड़के को अच्छी तरह पढ़ाना हो तो पढ़ाइए; नहीं तो हटा लूँ।"

इस समय दूसरे शिक्षक मूँछों में मुसकरा रहे थे। ऐसी स्थिति में मैं भला क्या बोलता।

घर गया। खाना अच्छा नहीं लगा। कमरे में जाकर बैठा और सोचने लगा—भई, यह तो आफत ही खड़ी हो गई! खैर, उन्हें खेल के नियम तो बताए ही हैं और भी बताऊँगा। बाकी, खेल तो खेलाने ही होंगे। मेरे विचार में तो खेल ही सच्ची पढ़ाई है।

लेटे-लेटे एक विचार और आ गया—माँ-बाप की एकाध सभा क्यों न कर लूँ? उन्हें खेल का महत्त्व क्यों न समझाऊँ? उनसे स्वच्छता और व्यवस्था के बारे में सहयोग की प्रार्थना भी करूँगा। वे लोग मदद न करेंगे, तो मैं कर ही क्या सकूँगा? क्या अपने बच्चों के लिए वे इतना भी न करेंगे? हम शिक्षक लोग माँ- बाप से सहयोग की प्रार्थना क्यों नहीं करते? यह दोष तो हमारा ही है। तो कल ही एक सभा क्यों न बुला लूँ? क्यों न कर डालूँ?

8

सभा जुड़ी। पर इसे सभा कहा भी जाए या नहीं? चालीस माता-पिता के नाम पत्र भेजे गए थे, पर कुल सात ही आए थे। मेरी निराशा की सीमा न रही। मैंने भाषण की बड़ी अच्छी तैयारी की थी। पर क्या करता, आखिर मैंने अपना भाषण शुरू कर ही दिया। सोचा, हमारा काम तो प्रयत्न करने का है। भाषण का भी यह एक प्रयोग ही सही।

बड़ी गंभीरतापूर्वक एक घंटे तक मैंने मननीय भाषण किया। सात सज्जनों में से एक को घर जाने का बुलावा आ गया और वे चले गए; दूसरे

बड़ी दुविधा में फँसे मेरी बातें सुन रहे थे। बातें सब महत्त्व की थीं और उनको समझाना बहुत जरूरी था।

मैंने उन्हें सच्ची और झूठी पढ़ाई का तात्त्विक भेद बड़ी बारीकी से समझाया। उन्हें बताया कि आध्यात्मिक उन्नति का स्वच्छता के साथ कितना गहरा संबंध है। मैंने उन्हें खेल और चरित्रगठन की जंजीर भी जोड़कर बताई। मैंने उन्हें अंतस्तल से उगनेवाले सच्चे अनुशासन की महिमा और उसका महत्त्व समझाया और आजकल की प्रचलित शिक्षा-पद्धति एवं अनुशासन का खंडन किया।

लेकिन यहाँ तो औंधे घड़े पर पानी गिराने वाली बात थी। बेचारे दो-चार जो शर्म के मारे आ गए थे, वे भी घर जाने को उतावले हो रहे थे। भाषण खत्म होते ही वे तुरत-फुरत चले गए। रह गए हम शिक्षक और हमारे अधिकारी। साहब ने जरा हँसकर कहा, ‘‘लक्ष्मीशंकरजी! यह तो भैंस के आगे भागवत पढ़ी गई! भई, तुम्हारी इस फिलॉसफी को समझता कौन है?’’

पीछे से किसी शिक्षक ने धीमी आवाज में कहा, ‘‘अजी, एकदम मूर्ख है, मूर्ख!’’

मुझे अच्छा तो न लगा, लेकिन मैं जब्त कर गया। मैंने मन-ही-मन यह अनुभव भी किया कि मैं अभी थोड़ा ‘पठित मूर्ख’ तो जरूर हूँ। मैं यह भी नहीं जानता कि साधारण लोगों के सामने भाषण कैसे करना चाहिए।

शिक्षक सब हँसते-हँसते अपने घर गए।

9

दस-बारह दिन बीते और मैंने पुस्तकालय के काम को हाथ में लिया। कहानियाँ बहुतेरी सुनाई जा चुकी थीं। लड़के चौथे दर्जे के थे। अब उनके हाथ में पुस्तकें आने की जरूरत थी।

मैंने लड़कों से कहा, ‘‘कल चौथी पुस्तक और इतिहास के दाम लेते आना। यहीं से सब प्रबंध करेंगे।’’

दूसरे दिन एक लड़का चौथी किताब और इतिहास लेकर ही आ गया।

कहने लगा, ''जिस दिन चौथी में आया था, उसी दिन पिताजी ने ये खरीद ली थीं।''

दूसरा बोला, ''मेरे बड़े भाई के पास ये किताबें थीं। मैं इन्हें ले आया हूँ।''

तीसरे ने कहा, ''जी, मेरे लिए तो बंबई से मेरे फूफा किताबें भेजनेवाले हैं। यहाँ से नहीं ली जाएँगी।''

एक और लड़के ने कहा, ''मेरे बाबूजी पैसे देने से इनकार करते हैं। कहते हैं, किताबें हम दिला देंगे।''

मैंने सोचा, मार डाला! कल्पना में तो पुस्तकालय का मेल मिलाना आसान था, लेकिन वास्तव में काम बड़ा टेढ़ा है।

कुछ विद्यार्थी पैसे भी लाए थे। मैंने पैसे रख लिये और रसीद देकर लड़कों से कहा, ''अच्छी बात है।''

दूसरे दिन लड़के कहने लगे, ''हमारी चौथी पोथी? हमारा इतिहास?''

मैंने कहा, ''तुम्हारे पैसों से मैं कहानी की ये नई किताबें लाया हूँ। तुम कहते थे न कि तुम्हें कहानी की किताबें पढ़ने में मजा आता है।''

लड़के बहुत खुश हुए। अच्छे-अच्छे रंगीन पृष्ठों और चित्रोंवाली किताबें देखकर वे उनपर टूट पड़े।

मैंने कहा, ''हमारे पास तो अभी सिर्फ पंद्रह किताबें हैं। पंद्रह जने पढ़ सकेंगे। बाकी के बीस मेरे पास आ जाएँ और मैं जो पढ़ता हूँ, उसे सुन लें।'' गडबड़-घोटाले से बचने के लिए मैंने कहा, ''पहले पंद्रह विद्यार्थी किताबें पढ़ें और बाकी मेरे पास आ जाएँ।''

पंद्रह लड़कों ने पंद्रह किताबें उठा लीं और उन पर भूखे बाघ की तरह टूट पड़े। मैंने कहा, ''देखो, एक किताब पढ़ लो, तो मेज पर लाकर रख देना और दूसरी वहाँ पड़ी हो, तो उसे उठाकर पढ़ने लगो। इससे एक-एक करके तुम्हें सब किताबें पढ़ने को मिल जाएँगी।''

दूसरों को मैंने अपने पास बैठा लिया और आदर्श वाचन शुरू किया। मैं छटा के साथ, भाव-भंगी और नियम के अनुसार पढ़ने लगा। लेकिन उन पंद्रह

जनों के पढ़ने की आवाज! ओह! जरा रुककर मैंने कहा, "भाइयो! तुम मन में पढ़ो। हमें दिक्कत होती है।" कुछ देर के लिए शोर कम तो हुआ, लेकिन उन्हें मूक वाचन का मुहावरा ही न था। वे जोर से ही पढ़ा करते थे। कुछ देर धीमे पढ़कर वे फिर जोर से पढ़ने लगे। मैंने उन्हें बरामदे में अलग-अलग बैठकर पढ़ने को कहा और मैं अंदर रहा।

आदर्श वाचन खूब चला। कहानी पसंदीदा थी, इसलिए सबने दिलचस्पी के साथ सुनी। घंटी बजने तक पुस्तक-वाचन और आदर्श वाचन होते रहे और फिर हम घर गए।

10

कहानी और खेल, पुस्तकालय और आदर्श वाचन, स्वच्छता और व्यवस्था की खटपट करते-करते बात की बात में दो-तीन महीने बीत गए।

मैं अपने काम का हिसाब लगाने बैठा। जो काम हो चुका था, उस पर एक नजर दौड़ाई। मुझे पता चला कि अभी तो पाव सेर में पहली पूनी भी नहीं कती है। पाठ्यक्रम के हिंदी, गणित, इतिहास और पदार्थ पाठ आदि विषयों में से तो कुछ हुआ ही न था। दूसरी कक्षाओं में तो बहुत-कुछ हो चुका था और वर्ष के अंत तक तो मुझे भी यह सब करके दिखाना ही था। मेरे प्रयोग की शर्त भी यही थी। खैर, यह सब तो ठीक ही है। पर मैं क्या-क्या कर चुका हूँ, उसे तो देखूँ? कहानी सुनाने में मुझे सूद सफलता मिली है। इसके कारण लड़के ठीक-ठीक व्यवस्थित और अभिमुख बने हैं। लेकिन अभी चंपकलाल और रमणलाल को कहानी अच्छी नहीं लगती; रामजीवन और शंकरलाल को कहानी बिल्कुल सरल मालूम पड़ती है। कहानी के समय राघव और माधव आँखें चलाया करते हैं, अंगुलियाँ मटकाया करते हैं और दूसरों को मुँह चिढ़ाया करते हैं; इसका इलाज करना तो अभी बाकी ही है। हाँ, यह सच है कि खेल खेलाने के कारण बालक अब मेरे साथ खुलकर बातें करते हैं; मुझे अपना मानने लगे हैं; मुझसे डरते नहीं हैं और खेल के बाद सब मेरा आदर्श वाचन बड़े ध्यान से सुनते हैं। लेकिन अभी खेल की अव्यवस्था और

शोरगुल में नाममात्र की कमी आई है। मेहनत तो खूब करता हूँ, लेकिन अभी रास्ता तय नहीं हो पाया है।

वाचनालय में अभी थोड़ी किताबें हैं। अब तक मैं अभिभावकों के गले यह बात उतार ही नहीं सका कि पाठ्यपुस्तकों के बदले पुस्तकालयों की रचना महत्त्व की है। मैं सोचता था कि भाषण देकर अभिभावकों को समझाने से सबकुछ ठीक हो जाएगा। लेकिन हमारे पालकों को तो केवल यही एक टेर पड़ी है कि 'पढ़ा दो'। कोई दूसरी बात सुनने की न तो उन्हें फुरसत है और न वह उनकी समझ में ही आती है। चिंता नहीं। यह सब तो लगकर काम करने से ही होगा। आज नहीं तो कल। अभी मेरे पास पर्याप्त समय भी तो है।

मैंने आगे सोचा—भई, यह प्रयोग तो बड़ा महाभारत काम निकला! जितनी अधिक हमारी कल्पना, ज्ञान और आदर्श, उतनी ही गंभीर और बड़ी हमारी परेशानी! मुझे कई सवाल परेशान कर रहे थे। सफाई के संबंध में अभी कुछ हुआ ही नहीं था। टोपियाँ वैसी ही पड़ी थीं। कपड़े एक-दो दिन तक तो साफ-सुथरे आए, लेकिन फिर वही पुराना ढर्रा। नाखून भी फिर फावड़े की तरह बढ़ने लगे थे। इन कामों के पीछे पड़े बिना छुटकारा नहीं था। चूँकि समाज में नई आदत डालनी है, इसलिए यह काम धीरज से, लेकिन बार-बार करने से ही सिद्ध होगा।

फिर अकेले लड़कों की ही चिंता तो है नहीं। बड़े साहब भी तो अब कुछ उतावली मचा रहे हैं। उनके भी तो अफसर और विरोधी रहते हैं। वे यश के भागी तो बनना चाहते हैं, लेकिन परिणाम भी जल्दी चाहते हैं और मुझे मदद करने की उनकी शक्ति भी तो मर्यादित ही है!

मेरे साथी शिक्षकों का मुझ में जरा भी विश्वास नहीं। वे तो मुझे निरा मूर्ख समझते हैं। और हाँ, शायद मैं मूर्ख हूँ भी। वैसे तो अनुभवहीन ठहरा। लेकिन उनकी इन मान्यताओं और सिखाने की इन रीतियों को तो भई हाथ जोड़ता हूँ। इन्हें देखकर मुझे तो कँपकँपी छूटती है। इससे तो मैं जो करता हूँ, वह लाख दर्जे अच्छा है। मेरे विद्यार्थी मुझे देखकर भागते तो नहीं। वे मुझसे खूब प्रेम करते हैं। वे मेरा आदर भी करते हैं। आज्ञा भी मानते हैं। इन

शिक्षकों को देखकर तो इनके छात्र भाग खड़े होते हैं और पीठ पीछे इनकी नकल करते हुए मैंने उन्हें अपनी आँखों से देखा है! एक भी लड़का ऐसा नही, जो शिक्षक के पास जाकर प्रेम से खड़ा हो सके और हँसकर बातचीत करे। वे कक्षा में चुपचाप बिना हिले-डुले बैठते हैं, पर जब बाहर निकलते हैं, तो इतना ऊधम मचाते हैं कि पूछो मत। अपने विद्यार्थियों को मैंने उचित स्वतंत्रता दी है। वे कक्षा में जो थोड़ी गड़बड़ कर लेते हैं, उससे अधिक गड़बड़ बाहर कभी नहीं मचाते। लेकिन मेरे साथी तो मुझ पर यह आरोप लगाते हैं कि मैं लड़कों को बिगाड़ रहा हूँ, उन्हें उद्दंड बना रहा हूँ—केवल कहानियाँ सुनाता रहता हूँ और पढ़ाता बिल्कुल नहीं; खेला-खेलाकर उलटा उन्हें आवारा बना रहा हूँ। अच्छा है, देखा जाएगा। मेरे विचार में तो ये खेल और कहानियाँ ही आधो-आध शिक्षा है!

यह सब होते हुए भी मुझे कभी भूलना न चाहिए कि मेरा काम विकट है, मुझे तो यह मानकर ही अपना काम करते रहना चाहिए।

टन्, टन् बारह बजे और मेरी विचारतंद्रा टूटी। मैंने कहा, "हे भगवन्! अंतिम सहारा तो तुम्हारा ही है।" इतना कहकर और सारी चिंताएँ उसी दयाधन परमेश्वर को सौंपकर मैं यह कहता हुआ सो गया कि 'कल की कल से'।

❑

द्वितीय खंड

प्रयोग की प्रगति

1

मेरे प्रयोग का तीसरा महीना शुरू हुआ। मैंने सोचा, अब तो रोज के काम की डायरी लिखता जाऊँ, जिससे खुद मुझे भी पता चलता रहे कि हफ्ते भर में कितना काम होता है। साथ ही मैंने एक-एक महीने के काम का आलेख भी रखा, जिससे मुझे डायरी की उपयोगिता का पता चला। मेरी यह डायरी 'लॉन्ग-बुक' जैसी नहीं थी, केवल दिशासूचक सूची मात्र थी।

कहानी तो प्रतिदिन चलती ही थी और खेल भी खेले जाते थे। बीच-बीच में बातचीत, आदर्श वाचन और छात्रों के शरीर की परीक्षा भी हो जाती थी। वाचनालय भी धीमी चाल से आगे बढ़ रहा था।

2

मैंने पाठ्यक्रम के विषयों में से एक-एक को लेना शुरू किया। एक दिन सुबह मैंने कहा, "लिखो, श्रुतलेखन।" लड़के मेरी तरफ देखने लगे। उन्होंने शायद कभी सोचा ही नहीं था कि मैं इस ढंग का शिक्षक हूँ कि श्रुतलेखन लिखवाऊँगा या सबक लूँगा और दूँगा या नक्शा पूछूँगा और इसी तरह के और-और काम लूँगा। और एक तरह से तो मैं वैसा था भी नहीं। उन्होंने मुझे वैसा समझा भी नहीं था।

मैंने लड़कों से कहा, "लिखो।"

पर बहुतों के पास न पट्टी थी और न कलम ही थी। न पट्टी और कलम का और न दूसरी किताबों का उन्हें काम ही पड़ता था, इससे वे कक्षा

में खाली हाथ ही आने लगे थे। पास की कक्षा से मैंने पट्टियाँ मँगवाईं और श्रुतलेखन लिखवाने बैठा।

कइयों ने मुँह बनाए। कोई कहने लगा, "भाईजी, कहानी नहीं कहिएगा?" दूसरा बोला, "किताबें तो कोई चली ही नहीं, श्रुतलेखन किसमें से लिखवाइएगा?" दूसरे दो लड़के बोले, "पहले हमें पढ़ लेने दीजिए कि गलतियाँ न हों।"

मैंने मन-ही-मन कहा, "अरे, ये सब तो पुराने ढर्रे की पढ़ाई की चेले हैं। श्रुतलेखन का पुराना मतलब ये बखूबी जानते हैं और इसी कारण उससे भड़कते हैं। श्रुतलेखन इन्हें पसंद नहीं और पहले से ये उसकी तैयारी चाहते हैं।

मैंने पुस्तकालय की पुस्तकों में से एक पुस्तक उठाई और लिखाना शुरू किया। मैं पूरा एक वाक्य बोल गया। पर दो-चार शब्द ही बोल पाया था कि इतने में तो अर्धे-पर्धे शब्द सुनकर वे लिखने लग गए और पूरा वाक्य उन्होंने सुना भी नहीं! "क्या कहा, भाईजी?" "क्या लिखाया, साहब?" कह-कहकर सब पूछने लगे।

मैंने कहा, "देखो, मैं तुम्हें बताऊँगा कि श्रुतलेखन किस तरह लिखना चाहिए। जब मैं बोलूँ, तुम बराबर मेरे सामने देखा करो और बोल चुकूँ, तो ठीक से सुन और समझकर लिख डालो और फिर दूसरा वाक्य सुनने के लिए मेरी ओर देखो।" मैंने इसी तरह लिखाना शुरू किया। लेकिन उनकी पुरानी आदत एकाएक कैसे छूटती? आगे चलकर तो सबको यह नई आदत पड़ गई और फिर किसी को बार-बार पूछने की आवश्यकता ही न रह गई। मैं भी सिर्फ एक ही बार बोल देता था। दुबारा उन्हें सुनाता भी नहीं था।

श्रुतलेखन लिखा गया और पट्टियाँ नीचे रखी गईं। मैंने जाँचा और जाना कि हिज्जों की भूलें बहुत होती हैं; जुड़वाँ अक्षरों का भी ठिकाना नहीं है और अक्षर भी बराबर तथा अच्छे नहीं लिखे जाते हैं।

मैंने किसी की गलतियाँ नहीं निकाली थीं। एक-एक करके सब पट्टियाँ देखीं और लौटा दी थीं। सब कहने लगे, "हमारी भूलें कितनी हैं? मेरी कितनी हैं? हमें ऊपर चढ़ाइए, इसे नीचे उतारिए।"

इतने में एक लड़का बोला, ''अब तो लक्ष्मीशंकरजी भी हमें पढ़ावेंगे और नंबर देंगे और ऐसी-ऐसी सब बातें होंगी।''

मैंने कहा, ''मैं तो ऐसा कुछ भी नहीं करूँगा। ठीक तो है, तुम सब लिखना जानते हो। कल फिर लिखना। ऐसा करते-करते तुम बहुत अच्छा लिखने लगोगे। रोज-रोज लिखोगे तो भला लिखना आएगा क्यों नहीं? और गलतियाँ निकालकर करना भी क्या है?''

एक ने पूछा, ''लेकिन नंबर, और चढ़ाना-उतारना?''

मैंने कहा, ''जब तुम मुझसे कहानियाँ सुनते हो, तो चढ़ते-उतरते हो?''

''जी, नहीं।''

''इन अच्छे कपड़े पहननेवालों में कोई चढ़ता-उतरता है?''

''नहीं।''

''और ये जो खेल खेलते हो, इनमें नंबर दिए जाते हैं?''

''नहीं।''

''तुममें से कोई ऊँचा है और कोई ठिगना है। इसके लिए कोई तुम्हें चढ़ाता-उतारता है?''

''नहीं।''

''तुममें से कोई मोटा है और कोई दुबला-पतला है। इसमें कोई चढ़ाव-उतार है?''

''नहीं।''

''तुममें से कोई धनवान है और कोई गरीब है। इसके कारण तुम्हें कभी पाठशाला में नंबर मिलते हैं? तुम चढ़ाए-उतारे जाते हो?''

''जी, नहीं।''

''तो अब समझे न! हमारी कक्षा में चढ़ने-उतरने की आवश्यकता ही नहीं। जिसे कविता याद हो, वह गाए; न याद हो, याद कर ले। खेलना न आता हो, देख-देखकर सीखे; आता हो, तो खूब खेले और मौज करे। श्रुतलेखन में जो अच्छे अक्षर लिखता है, उसे देख-देखकर दूसरे भी अपने अक्षर अच्छे बना लें। मैं किसी से कुछ पूछूँ और उसे वह याद न हो, तो जिसे याद हो,

वह उसे बता दे और नहीं तो मैं तो बताऊँगा ही। बस इतनी सी तो बात है।''

सब विस्फारित नेत्रों से मेरी ओर देखते रहे। उन्हें कुछ अचंभा सा हुआ था।

आखिर मैंने कहा, '' 'हमारी कक्षा' तो एक अनूठी चीज है। नई बात है। इसमें नए तरीके से ही काम होता है। यह तो 'हमारी कक्षा' है न!''

'हमारी कक्षा' शब्द में दो-तीन बार जोर देकर बोला तो मैंने देखा, लड़कों पर उसका रंग चढ़ा। कहने लगे, ''हमारी कक्षा! हमारी कक्षा तो एक अनूठी चीज है। हमारी कक्षा यानी एक नई बात!''

श्रुतलेखन के संबंध में मैंने एक हफ्ते के अंदर मुख्य-मुख्य सभी सुधार कर डाले। छात्रों से मैंने कह दिया कि वे रोजाना घर से किसी भी किताब की चार पंक्तियाँ देखकर सही-सही लिख लाया करें। स्वयं मैंने उन्हें प्रतिदिन दस मिनट वाक्य लिखाना शुरू किया। आपस में एक-दूसरे को लिखाने और एक-दूसरे की भूलें सुधारने के लिए भी उन्हें रोज के पंद्रह मिनट मैंने सौंप दिए।

संयुक्ताक्षरों का शुद्ध लेखन सिखाने के लिए मैंने कठिन जुड़वाँ अक्षरों की, खासकर चौथी किताब में आनेवाले सारे जुड़वाँ अक्षरों की एक पोथी उन्हें बनवा दी और वह पोथी सबको बारी-बारी से पढ़ने तथा पट्टी पर लिखने के लिए दे दी। चौथी पोथी में आनेवाले कठिन हिज्जों की एक सूची बनाना मैंने शुरू कर दिया और उसका उपयोग भी सोच लिया।

अब हमारा काम ठीक चलने लगा था।

3

एक दिन पास के कमरे से एकाएक 'अरे बाप रे! मरा रे! मार डाला रे!' की आवाज आई।

हमारे कान खड़े हो गए। मैं कहानी कह रहा था। लड़कों का ध्यान बरबस उधर चला गया। मैंने कहानी बंद की और कहा, ''एक विद्यार्थी जाकर देख आए कि बात क्या है? कौन रो रहा है? किसलिए रो रहा है?''

एक समझदार लड़का देख आया और कहने लगा, ''जी, उस कक्षा के जीवनलाल को मास्टर साहब ने पीटा है।''

मैंने कहा, "क्यों?"

"उसे भूगोल याद नहीं था।"

मैंने फिर पूछा, "तो इसमें पीटने की क्या बात हुई?"

मेरा एक छात्र बोला, "जब कोई सबक याद करके नहीं लाएगा तो और क्या होगा?"

मैंने कहा, "लेकिन किसी को याद ही न रहता हो तो?"

दूसरा बोला, "सबक तो याद होना ही चाहिए। न होगा तो मास्टर और क्या करेंगे? सजा ही तो देंगे।"

मैंने पूछा, "लेकिन किसी को पीटने पर भी याद न रहे तो?"

तीसरा बोला, "तो भी मास्टर उसे जरूर मारेंगे। वह और कर ही क्या सकते हैं? न याद रहेगा तो मारेंगे, पीटेंगे, सजा देंगे!"

मैंने कहा, "अच्छी बात है। तो बोलो, तुममें से कौन-कौन मार खाने को तैयार हैं?"

सब बोले, "जी नहीं, तैयार तो कौन होगा?"

मैं बोला, "मैं सबक दूँ और तुम याद करके न लाओ, तो मुझे तुम्हें मारना चाहिए या नहीं?"

"लेकिन हम सबक याद करके ही लाएँगे।"

"तुम उसे रटो और फिर भी तुम्हें याद न रहे तो?"

"तो क्या, तो भी सजा न दीजिएगा, तो अच्छा है। मारेंगे तो लगेगी। हाँ, हमें याद रहे तो फिर पढ़ाइएगा और हम फिर पिटेंगे।"

मैंने कहा, "खैर, चलो अब हम फिर कहानी शुरू करें न!"

लेकिन लड़कों का मन तो आज उस जीवनलाल में लगा था। वे कहते थे, "देखना भला, जीवन ऐसा तो उस्ताद है कि बाद में शिक्षक को गाली देगा, दीवार पर उनकी तसवीर बनाएगा और उनके नाम गालियाँ लिखेगा।"

मैंने कहा, "जीवन को ऐसा नहीं करना चाहिए। शिक्षक के साथ ऐसा व्यवहार ठीक नहीं।"

सब कहने लगे, "लेकिन शिक्षक भी तो उसे बहुत पीटते हैं।"

मैंने कहा, "तो इसका कोई उपाय है?"

लड़के बोले, "हाँ, उसे पीटना नहीं चाहिए।"

मैंने कहा, "फिर सबक का क्या होगा?"

लड़कों ने जवाब दिया, "जो सबक याद करके न लाए, उसे पाठशाला से निकाल दिया जाए। नाहक मारने से क्या फायदा? यदि पीटने से विद्या आती हो, तो लड़के पिटते तो रोज ही हैं न?"

एक ने कहा, "अजी, जीवन का तो पढ़ने में मन ही नहीं लगता। उसे तो खरगोश पकड़ने का शौक है और ढोर चराने का वह रसिया है।"

दूसरा बोला, "भैया, जीवन विद्यालय में ही पिटता है। बाहर तो वही सब लड़कों को पीटता है। हम सब उससे डरा करते हैं।"

मैंने पूछा, "वह किस जाति का है?"

लड़कों ने कहा, "जी, वह जाति का कोली है। उसका बाप सरकारी नौकर है और उसे जबरदस्ती पढ़ाता है। पढ़ाने के लिए एक क्षिक्षक भी उसने रखा हुआ है।"

मैंने कहा, "खैर, गोली मारो इसे। चलो, हम तो अपनी कहानी पूरी करें।"

कहानी खत्म करके हम उठे और इतने में घंटी लगी। मैं सजा और उसके परिणामों का विचार करता-करता घर पहुँचा। मुझे तो किसी को सजा देनी ही न थी, इसलिए मैं तो अपने मन में निश्चिंत था।

इसी तरह कुछ दिन और बीत गए।

4

एक दिन मैं बड़े साहब से मिलने गया और मैंने कहा, "साहब, एक ऐसा हुक्म जारी कर दीजिए कि पाठशाला में आनेवाले बालकों को साफ कपड़े पहनकर ही आना पड़ेगा। सिर पर टोपी रखनी है, तो वह मैली नहीं होनी चाहिए। बाल रखने हैं, तो वे कंधी किए हुए होने चाहिए। हर हफ्ते बालक के नाखून काटने चाहिए और बाल बढ़े हुए हों, तो बाल भी। बिना

बटन या अधूरे बटन का कोट कभी कोई पहनकर न आए। हर एक विद्यार्थी नहा-धोकर ही विद्यार्थी में आए; कम-से-कम मुँह और हाथ-पैर धोकर तो जरूर आए।"

साहब ने शांति से सुना, हँसे और कहने लगे, "क्यों, क्या उनके माँ-बाप तुम्हारे समझाने पर समझे नहीं?"

मैंने कहा, "जी, उन्हें बहुतेरा समझाता हूँ, पर बात उनके गले उतरती ही नहीं। अच्छे-अच्छे धनवान माता-पिता भी नहीं समझते। कहते हैं, 'बचपन में हम भी इसी तरह पाठशाला जाते थे।' कहते हैं, 'रोज-रोज यह सब कौन करे? भई, आपका काम पढ़ाने का है तो पढ़ाइए न? यह सब तो हम देख लेंगे।' अब तक बहुत कम सुधार हो सका है। और सच तो यह है साहब, कि मैं तो ऐसे विद्यार्थियों को पढ़ाना पसंद ही नहीं करता।"

साहब बोले, "तुम बिल्कुल सच कहते हो। हमारा जन-समाज कुछ ऐसा ही है। इस समाज को संस्कारी बनाना तो असंभव को संभव करना है! फिर भी जब से यह विभाग मेरे हाथ में आया है, तब से अभिभावकों पर भी हमारा कुछ अच्छा असर पड़ा है।"

मैंने कहा, "तो आप यह हुक्म जारी नहीं करेंगे?"

"भई, ऐसा हुक्म तो मैं नहीं निकाल सकता। यह मेरे अधिकार-क्षेत्र से बाहर की बात है।"

"आपके अधिकार से बाहर की, तो फिर आप इतने बड़े अधिकारी कैसे?"

"भई, यह तो एक छोटी रियासत है। लेकिन दूसरी जगह भी अधिकारियों के हाथ में ऐसी सत्ता नहीं रहती।"

मैंने कहा, "तो फिर?"

साहब बोले, "तुम बड़ी सत्ता को हिलाओ। वहीं से ऐसा हुक्म जारी हो सकता है। पर लोग इन आदेशों का पालन कम करते हैं। और अगर उन्होंने हमारा आदेश न माना तो हम उनका क्या कर लेंगे?"

"उनके बालक को पाठशाला से बाहर न निकाल देंगे?"

"यह नहीं हो सकता। यदि हमने ऐसा किया तो बड़ा गुल-गपाड़ा मच जाएगा।"

मैंने कहा, "जी, हो तो सब सकता है। लेकिन बिना सत्ता के चतुराई किस काम की? सच तो यह है कि हम शिक्षक हैं ही किस गिनती में?"

साहब बोले, "खैर, यही सही। अभी तो जैसा चलता है, उसे चलाए।"

"जी, सो तो हो नहीं सकता। आखिर मैं तो पाठशाला के अंदर जितनी कोशिशें हो सकेंगी, करूँगा ही। बालकों में वैसी आदत पैदा करूँगा। यही नहीं, फुरसत मिलने पर इस संबंध में सार्वजनिक रूप से आंदोलन भी करूँगा। और साहब, सच तो यह है कि लोग कितने ही बेपरवाह क्यों न हों, इसमें शक नहीं कि हमारे विद्यालयों का यह गंदा वातावरण हजारों रोगों का घर है। हमें इसे ठीक करना ही होगा।

साहब ने कहा, "ठीक है, तुम जैसा चाहो, करो। प्रयोग करने तो आए ही हो। लेकिन ध्यान रहे, यह चौथा महीना पूरा होने आया है। बाद रखो, समय सरपट दौड़ता जा रहा है।"

नमस्कार करके मैं अपने घर लौट आया। मैंने अपने खर्च से ('कंटिन्जेंसी' में तो था ही क्या कि कुछ खरीद सकता?) दो अच्छे से झाड़ू खरीदे। एक छोटा सा आईना लाया, एक कंघा, खादी का एक तौलिया और एक छोटी सी कैंची भी खरीदी। गनीमत थी कि पाठशाला के अहाते में पानी का एक नल था। उस दिन मैंने कक्षा में यह सब तैयारी करके रखी।

दूसरे दिन मैंने लड़कों को एक कतार में खड़ा किया। अब तो वे भली-भाँति अभिमुख हो चुके थे। वे मुझसे प्रेम भी करने लगे थे। उन्हें विश्वास हो चुका था कि मैं जो कुछ करता हूँ, भले के लिए ही करता हूँ।

मैंने आईने में सबको उनके मुँह दिखाए और कहा, "देखो, अगर तुम समझते हो कि तुम्हारा मुँह, आँख या नाक गंदी है, तो नल पर जाकर धो लो। अपने हाथ-पैर भी धोओ और बाल भिगो लो।"

बस सब 'हा-हू' करते हुए एक साथ भागे और एक पर एक गिरते-पड़ते मुँह, हाथ, पैर आदि धोने लगे।

मैंने सोचा, इन लोगों को क्रम से चलना और क्रम से काम करना सिखाना पड़ेगा। इस तरह का लबड़-धबड़ काम तो हमारा सारा समाज करता ही है। हमें इन लोगों को इस फूहड़पन से बचाना ही चाहिए।

फौरन ही मैंने वहाँ एक लकीर खींच दी और कहा, ''देखो, तुम सब इस लकीर पर खड़े रहो और बारी-बारी से नल पर जाओ।''

मैं दोनों हाथ में खादी के टुकड़े लेकर खड़ा रहा और लड़के दोनों तरफ से हाथ, पैर, मुँह, सिर आदि पोंछने लगे।

पाठशाला के अहाते में इस तरह का यह काम पहले-पहल ही हो रहा था। इसी कारण रास्ते चलते लोग भी देखते जा रहे थे कि आज यहाँ यह क्या हो रहा है ?

हाथ-मुँह आदि धो चुकने के बाद हम कक्षा में गए। वहाँ उन्हें कंघा देते हुए मैंने कहा, ''देखो, अपने-अपने बाल सँवार लो।'' उनकी टोपियाँ मैंने कोने में रखवा ही दी थीं। लड़के अब स्वच्छ, सुंदर और स्वस्थ दिख रहे थे। मैंने खड़िया मिट्टी से एक गोला बनाया और सबको उस पर बिठाया। मैं भी वहीं बैठा और मैंने उनसे कहा, ''देखो, अब तुम्हारे हाथ कितने साफ हैं। तुम्हारा मुँह कितना सुंदर लगता है ? तुम्हें यह पसंद है या नहीं ?''

सबने कहा, ''जी हाँ, पसंद है ?''

मैंने कहा, ''तो देखो, रोज पाठशाला में आकर पहले तुम यह काम कर लिया करो। बाद में हम दूसरे काम करेंगे।''

उस दिन मुझे बहुत अच्छा लगा। मन मेरा प्रसन्न था। मैंने कहा, ''आओ, आज हम एक कविता गाते हैं।'' पहली कविता जो मैंने सुनाई, वह एक प्रार्थना थी। यह तो अनायास ही आज मेरे मुँह से प्रार्थना निकल गई।

उस दिन नाखून का काम रह गया। कपड़ों और बटन का भी बाकी था ही। फिर भी तत्काल उनका विचार छोड़कर मैंने उसे भुला दूसरा काम शुरू कर दिया।

5

मैंने सोचा, इतिहास की शिक्षा की नींव तो मैं कहानी के माध्यम से डाल ही चुका हूँ। अब कविता की नींव लोकगीतों के माध्यम से डालूँ। मैंने गहरे विचार के बाद सोच लिया था कि पहले छह महीने मुझे बुनियादी काम करना है और बाद के महीनों में मुझे उस पर विधिवत् पढ़ाई की इमारत खड़ी करनी है।

जब विद्यार्थियों को इस तरह की कोई नई बात मिलती है, तो उससे उन्हें विनोद के साथ आनंद और प्रसन्नता भी होती है। मैंने लोकगीत का श्रीगणेश करते हुए कहा, "देखो, मैं तुम से गीत गवाऊँगा। तुम सब मिलकर गाना।"

मैंने गाया, "कान्हा कलेजे की कोर, सखी री,
कान्हा कलेजे की कोर।"

लेकिन मेरे साथ कोई गा ही न सका।

मुझे आश्चर्य हुआ। चौथी कक्षा के विद्यार्थी इतना भी न गा सके? पर उन्हें गाने की आदत तो थी ही नहीं! मैंने दूसरा गीत छेड़ा—

"मेरा है मोर, मेरा है मोर;
मोती चरंता मेरा है मोर।"

अब की बार उन्होंने कुछ-कुछ गाया।

लेकिन जब पच्चीस-तीस लड़कों ने एक साथ गाना शुरू किया, तो उनके कोलाहल से सारी कक्षा गूँज उठी।

पड़ोस के एक शिक्षक आकर बोले, "भाई, बस करो यह आवाज! इसके चलते हमें तो कुछ सुनाई भी नहीं देता!"

दूसरे शिक्षक ने कहा, "ये महाशय तो रोज एक-न-एक नया नखरा निकालते हैं। ये हमें अपने छात्रों को सुख से पढ़ाने भी देंगे या नहीं? इन्हें परवाह ही क्या है? ये इस प्रयोग में सफल हो गए, तो साहब हमीं से कहेंगे कि लो, करो इस तरह और उस तरह; और यदि सफल न हुए, तो अपना झोली-झंडा लेकर चलते बनेंगे।"

इतने में प्रधानाध्यापक आ गए। बोले, "अजी लक्ष्मीशंकरजी!" यह

कोई चटशाला है, जो यहाँ मुख-पाठ की तरह कविता गवा रहे हो? देखो, ये इनके नए प्रयोग हो रहे हैं! अरे, इन गीतों को तो सभी जानते हैं!'' कहकर वे चल गए।

उनके जाने पर मैंने सोचा, भई, तुम बुरे फँसे। खैर, सहगान को अभी एक ओर रखो और गान-श्रवण शुरू करो।

मैंने लड़कों से कहा, ''ठहरो; मैं गाऊँगा और तुम सब सुनना।''

मैंने 'नथ घड़ दे सोनारा रे, मोरी नथ घड़ दे सोनारा' पद गाया। मेरा राग तो गधे को भी मोहित करनेवाला था। लेकिन संतोष इतना ही था कि वह बेसुरा न था। किसी तरह काम चला। मैंने मन में कहा, भगवान् ने मुझे एक कंठ और दे दिया होता, तो क्या कहना था? चूँकि मैंने ढंग से और अभिनयपूर्वक गाया था और अभिनय का कुछ अभ्यास भी किया था, इसलिए मेरा गाना कुछ लड़कों को पसंद आया। पर कुछ तो इस बीच उबासी लेने लगे थे और कुछ एक-दूसरे के साथ छेड़खानी भी करने लगे थे। वह चंपकलाल तो कानी आँख बनाकर मेरी मजाक बना रहा था। मैं भी यह सब देख रहा था। लेकिन मैं चुप रहा, क्योंकि उनकी इन्हीं आदतों को तो मैं सुधारना चाहता था।

जो छात्र संगीत के रसिया नहीं थे, उनसे मैंने कहा, ''भई, तुम अलग जा बैठो। अपनी पट्टी पर जो चाहो, लिखो या कोई चित्र ही बनाओ।''

मैंने दूसरा गीत गाया। लड़कों की दिलचस्पी बढ़ी। फिर तीसरा भी। उन्होंने दूसरे गीत को खूब पसंद किया और मुझे वह फिर गाना पड़ा। जैसे-जैसे मैं गाता गया, उनका रस बढ़ता गया। अंत में मैंने लड़कों से कहा, ''देखो, मैं रोज तुम्हें ऐसे-ऐसे गीत गाकर सुनाऊँगा। लेकिन एक शर्त है, पाठशाला के अहाते में तुम उन गीतों को न गाना।''

पर दो दिन के अंदर तो लड़के जहाँ-तहाँ 'नथ घड़ दे' गुनगुनाने लगे। मैंने उन्हें समझा दिया कि गाना ही चाहो, तो विद्यालय के बाहर गाना; विद्यालय में नहीं।

गाँव के लोग आपस में बतियाने लगे, ''भई, ये गीत किस जात के हैं?''

भगवान् दर्जी ने बताया, ''ये तो नवरात के गरबे मालूम पड़ते हैं।''

रघुजी बोले, "तो यह मास्टर कोई गरबे वाला होगा? क्या यह गरबे सिखाने आया है?"

लड़कों की माताएँ कहने लगीं, "तुम्हारे मास्टर मदरसे में औरतों के गीत क्यों गवाते हैं?"

पर अपने राम तो यह सब सुनी-अनसुनी ही करते जाते थे। सुनने बैठो, तो कान पक जाएँ और काम भी न चले। हमें तो बस जूझना चाहिए। नए क्षेत्र इसी तरह तो तैयार होते हैं।

मैं प्रतिदिन लड़कों के सामने नई-नई कविताएँ गाने लगा और देखने लगा कि उन्हें कौन सी ज्यादा पसंद आती है। ऐसा करते-करते मेरे पाँच-पंद्रह गीत तो लड़कों को यों ही याद हो गए। हाँ, दो-चार लड़के ऐसे जरूर थे, जिन्हें संगीत से बिल्कुल प्रेम न था। वे संगीत के समय में पढ़ते-लिखते रहते थे और मैं भी उनकी विशेष चिंता नहीं करता था।

इन्हीं दिनों मैंने मन-ही-मन रास-क्रीड़ा का एक कार्यक्रम बना लिया था और मैं उसे आरंभ करने का संकल्प भी कर चुका था।

अब मेरी कक्षा में लगभग इस प्रकार का काम चल रहा था : वार्त्ता कथन, पुस्तक वाचन, आदर्श वाचन, खेल, श्रुतलेखन, कविता श्रवण, स्वच्छता और प्रार्थना।

6

एक दिन हमारी पाठशाला में एक परमहंस साधु आए। साथ में प्रधानाध्यापक भी थे। प्रधानाध्यापक ने उनका परिचय देते हुए मुझसे कहा, "ये महाराज एक अच्छे धर्मोपदेशक हैं। विद्यार्थियों से इन्हें बड़ा प्रेम है। हर एक राज्य की पाठशालाओं में छात्रों को उपदेश करने की सुविधा इन्हें प्राप्त है। आज ये साहब की चिट्ठी लेकर अपनी पाठशाला के छात्रों को उपदेश करने आए हैं।"

मैंने उन्हें आदरपूर्वक नमस्कार किया, बैठने को कुरसी दी और कहा, "तो भगवन्, आप अपना कार्य आरंभ कीजिए।"

मेरे लड़के तो महाराज के मुँड़े हुए सिर और मुँह की ओर ही देख रहे थे। उनका दुबला-पतला शरीर, कांतिपूर्ण मुखमुद्रा और हाथ का कमंडल लड़कों के लिए एक कुतूहल की वस्तु बन गए थे।

मैंने विद्यार्थियों से कहा, "देखो बच्चो! स्वामीजी तुम्हें उपदेश करेंगे, तुम सब ध्यान देकर सुना।"

लड़के अब तो मेरी आज्ञा समझने लगे थे। वे शांति से चुपचाप बैठ गए।

स्वामीजी उपदेश करने लगे, "विद्यार्थियो! इस जगत् में ईश्वर ही सबसे बड़ा है। यह दुनिया उसी ने पैदा की है। उसी के कारण यह जगत् है और वही हमारा आदि कारण है।"

इस तरह ईश्वर की महिमा कही जाने लगी। मैं चुप बैठा था। मेरे विद्यार्थी शांत थे। लेकिन धीरे-धीरे उनमें अशांति पैदा हो रही थी। कोई आलस्य मरोड़ने लगा, कोई पट्टी पर कंकर से रेखाएँ खींचने और बिंदु बनाने लगा, कोई किताबें उलटने-पलटने लगा, किसी की आँखें कुछ-कुछ लाल होने लगीं, कोई एक अंगुली दिखाकर बाहर गया। एक गया, उसके पीछे दूसरा भी गया। एक-दो छात्र आपस में बातें करते जा रहे थे। मैंने उन्हें चुप रहने का इशारा किया और वे चुप हो गए।

स्वामीजी से मैंने विनयपूर्वक कहा, "महाराज; कोई सरल सी बात कहिए, जिसे ये छात्र समझ सकें।"

वैसे स्वामीजी बड़े सरल स्वभाव के थे। तत्काल उन्होंने हिंदू-धर्म की, उसके ग्रंथों की और ग्रंथों के विषय की चर्चा शुरू की। लेकिन छात्रों ने उसमें भी कोई रुचि नहीं दिखाई।

मैं मन-ही-मन विचार कर रहा था—क्या धर्मोपदेश इसी तरह किया जाता है? क्या धर्म का तत्त्व, जो अति गूढ़ है और जिसे जानने के लिए सारा जीवन खपा देना पड़ता है, इसी तरह समझाया जा सकता है? क्या यही धर्म की शिक्षा और धार्मिक ज्ञान है? क्या धर्म का यह ज्ञान खोखला और निरुपयोगी नहीं होता?

मैं यह विचार कर ही रहा था कि इतने में स्वामीजी ने कुछ श्लोक

पढ़ने शुरू किए। विद्यार्थी मन मारकर उनकी बातें सुन रहे थे, लेकिन समझ नहीं सकते थे और इसीलिए अधिकतर केवल मनोविनोद की दृष्टि से हुँकारे दे रहे थे।

सचमुच स्वामीजी बड़े गंभीर भाव से बातें कह रहे थे। उनके विचार में उनका यह कार्य आवश्यक और पवित्र था। वे अपने कर्तव्य का ठीक ही पालन कर रहे थे, लेकिन लड़कों के लिए तो यह सब 'भैंस के आगे बीन बजाने' जैसा ही था।

अब स्वामीजी ने श्लोकों का अर्थ समझाना शुरू किया। लड़कों को वह भी सुनना पड़ा। फिर उन्होंने उस अर्थ को श्यामपट्ट पर लिखा और लड़कों से कहा कि वे उसकी नकल कर लें। इसके वाद स्वामीजी ने कहा, "इन श्लोकों को तुम प्रतिदिन प्रातः उठकर पढ़ा करो; साँझ को सोते समय भी इन्हें पढ़ो। इससे तुम्हारी बुद्धि बढ़ेगी, बल बढ़ेगा, तेज की वृद्धि होगी।"

मेरी कक्षा के दस-दस, बारह-बारह वर्ष के लड़के ठहरे। उन्हें क्या पड़ी थी धर्म की और श्लोक की? लेकिन उन्होंने श्लोक लिखे और उनके अर्थ भी।

मेरे विचारों की शृंखला टूटी नहीं थी—क्या धार्मिक शिक्षा के लिए दूसरी कोई जगह नहीं रही कि अब वह पाठशालाओं में दी जा रही है? पहले तो देवालयों में प्रवचन हुआ करते थे और घरों में माता-पिता तदनुसार अपना व्यवहार रखते थे। घर के ये आचार-विचार लड़कों के लिए धार्मिक शिक्षा का काम देते थे। लेकिन अब या तो लोगों को धार्मिक प्रवचन सुनने की फुसरत नहीं है या बड़े-बूढ़े उन्हें सुन-सुनकर अब इतने तृप्त हो गए हैं या और ही कुछ हुआ है कि जिससे अब यह काम पाठशाला का अंग बन रहा है। मैं यह विचार कर ही रहा था कि इतने में घंटी बज गई और मैं सोचता-विचारता घर को चला।

थके हुए लड़के स्वामीजी को प्रणाम करके अपने घर को निकल भागे। रह गया मैं और स्वामीजी। मैंने कहा, "महाराज! आज की भिक्षा मेरे घर ही ग्रहण कीजिए न?"

हम जीमने बैठे। बातों ही बातों में धार्मिक शिक्षा की चर्चा छिड़ गई।

स्वामीजी ने कहा, "देखो भाई, आजकल धर्म-जैसी वस्तु का लोप होता जा रहा है, इसलिए आरंभ से ही धार्मिक शिक्षा द्वारा हमें नई पीढ़ी को आस्तिक बनाना होगा।"

मैंने कहा, "किंतु स्वामीजी, इन छात्रों के सुकुमार मस्तिष्क ईश्वर, आत्मा और धर्म जैसे कठिन विषयों को ग्रहण कैसे कर सकते हैं? आज भाषण करते समय आपने अनुभव किया होगा कि उसमें उन्हें जरा भी रस नहीं आया था; केवल सभ्यता के विचार से ही वे चुप बैठे हुए थे।"

स्वामीजी बोले, "भई, बात तो ठीक है। लड़कों को तो खेलना-कूदना ही अधिक प्रिय होता है। कथा-कहानी से भी उन्हें प्रेम होता है। लेकिन धर्म की चर्चा उन्हें पसंद हो या न हो, उनके सामने करनी तो अवश्य चाहिए और कुछ धार्मिक श्लोक उन्हें कंठस्थ भी करा देने चाहिए।"

"किंतु स्वामीजी! धर्म केवल जीभ पर ही नहीं रहता। धर्म तो एक जागृति है, जिसका अंतस्तल में जागना ही उचित है। यह भावना तभी जागती है, जब मनुष्य को इसकी भूख लगती है। इसका भी अपना समय होता है। स्वामीजी! क्या आपको ऐसा नहीं लगता कि यह सब छात्रों पर असमय का बोझ लादने के समान है?"

स्वामीजी जरा सोच में पड़ गए। मैंने फिर कहा, "महाराज! धर्म एक सत्य वस्तु है। वह मनुष्य के जीवन के लिए नौका के समान है। मनुष्य का जीवन-लक्ष्य संसार-सागर से पार होना है। लेकिन क्या यह सच नहीं कि यह सब बहुत कठिन है? साधारण बुद्धि की पहुँच से परे है और इसके लिए बहुत अधिक पूर्व उद्योग करना आवश्यक है।"

स्वामीजी ने कहा, "हाँ, यह बात ठीक है। लेकिन···।"

मैंने जरा बीच ही में कहा, "धर्म कोई गाजर-मूली नहीं, न वह बाजारू वस्तु है। पुस्तक में छपी हुई बातें ही धर्म नहीं हैं। क्या आप यह अनुभव नहीं करते कि ऐसी महत्त्व की बात को तो अधिक-से-अधिक गूढ़ और गुप्त रखना चाहिए और कठोर परिश्रम के बाद ही वह साधक को प्राप्त होनी चाहिए?"

स्वामीजी बोले, "हाँ, इसीलिए तो हमारे पूर्वजों को गुरु के आश्रम में रहना पड़ता था और धर्म को समझने के लिए शरीर का कष्ट भी झेलना पड़ता था।"

मैंने कहा, "लेकिन आज तो हम घर-घर और विद्यालय-विद्यालय उपदेश करके लोगों में धर्म का प्रसाद बाँटने निकल पड़े हैं।"

स्वामीजी बोले, "भई, यह कलियुग है न! आजकल गुरु के पास शिष्य-भाव से जानेवाले हैं ही कितने?"

मैंने कहा, "नहीं हैं, तो न रहें। धर्म को यों बेचने या भेंट करने से कोई धर्मात्मा नहीं बन सकता!"

स्वामीजी कहने लगे, "तो आप ही बताइए कि क्या किया जाए?"

मैंने कहा, "मेरी समझ में तो छोटे बच्चों को धर्मोपदेश न करना ही अच्छा है। उन्हें तो इस समय स्वस्थ शरीर, तंदुरुस्त मन, निर्मल बुद्धि और कभी न थकनेवाली क्रियाशक्ति की आवश्यकता है, और आवश्यकता है, उन्हें हर तरह बलवान बनाने की।"

स्वामीजी ने कहा, "सच है, जो बलवान होंगे, उन्हीं में आत्मबल भी रहेगा।"

मैंने कहा, "मेरा तो अटल विश्वास है कि समय आने पर मनुष्य में यौवन और बुढ़ापे की तरह धर्म-जिज्ञासा का भी स्वयं विकास हो जाता है। असमय के गृहस्थाश्रम की भाँति असमय का यह धर्म-परिचय भी मुझे असामयिक ही मालूम पड़ता है। बचपन ही से धर्म को प्रतिदिन की चर्चा का और श्लोक-पाठ का विषय बना डालने से तो उलटे उसके विषय की सच्ची जिज्ञासा ही मंद पड़ जाती है। धार्मिक क्रियाओं का भी अपना महत्त्व है, पर यह आवश्यक नहीं कि उन्हें इतना महत्त्व दे दिया जाए कि उनके कारण मनुष्य का विकास ही रुक जाए और मनुष्य जड़वत् हो जाए।"

स्वामीजी बोले, "आप सच कहते हैं। मेरा भी कुछ ऐसा ही विश्वास है। इतने दिनों के अनुभव के बाद मैं यह तो महसूस कर ही रहा था कि इस प्रतिदिन के पिष्टपेषण से थोड़े ही समय में विद्यार्थी ऐसे विषयों से उकता

जाएँगे। मैं अब यह भी मानने लगा हूँ कि हमें किसी दूसरे ढंग से उन्हें धार्मिक शिक्षा देनी चाहिए।''

मैंने कहा, ''क्षमा कीजिएगा, स्वामीजी! मैं तो यह कहता हूँ कि हम धर्म को जीवन में उतारने का प्रयत्न करें। माता-पिता भी प्रयत्न करें और शिक्षक भी प्रयत्न करें। पाठ्यपुस्तक में दूसरी कथाओं के साथ धार्मिक पुरुषों और प्रसंगों की कथाएँ भी दी जा सकती हैं। समय आने पर बालकों को दूसरी कथाओं की तरह पुराण और उपनिषद् की कथाएँ भी बताई जा सकती हैं। जिस प्रकार हम ऐतिहासिक पुरुषों की कहानियाँ कहते हैं, उसी प्रकार बालकों को धर्मात्मा पुरुषों की कथाएँ भी सुना सकते हैं। बालकों के लिए शुरू के वर्षों में इतनी तैयारी पर्याप्त है। कर्मकांड और श्लोक-पाठ, धर्म-शिक्षण और धार्मिक पुस्तकों के अभ्यास को हम भविष्य के लिए छोड़ सकते हैं।''

स्वामीजी ने कहा, ''ऐसी दशा में आप मुझे क्या काम दीजिएगा?''

मैंने कहा, ''बालकों की शिक्षा का। आप भी मेरी तरह उन्हें पढ़ाने का कमा कीजिए।''

स्वामीजी ने कहा, ''स्वामी बनकर क्या अब मैं शिक्षक का काम करूँ?''

मैं बोला, ''यही तो आपका असली काम है, महाराज! आप लोग बालकों की शिक्षा का काम सँभाल ले, तो अच्छे शिक्षकों का अभाव दूर हो जाए और इस दिशा में सच्चा काम होने लगे।''

स्वामीजी ने हँसते-हँसते हाथ-मुँह धोए।

उस दिन से स्वामीजी का और मेरा परिचय खूब बढ़ गया है। आजकल वे मुझसे नवीन शिक्षा-पद्धति का अध्ययन कर रहे हैं और मैं उनकी मदद से धर्म-ग्रंथों का अभ्यास करता हूँ।

समय सरपट दौड़ा जा रहा था और वर्ष के अंत तक मेरा पाठ्यक्रम तो असाधारण सफलता के साथ पूरा होना ही चाहिए था। इसी में तो मेरे प्रयोगों की विशेषता थी।

मैंने सोचा, अब इन्हें इतिहास पढ़ाना शुरू करूँ।

7

मैंने इतिहास की पाठ्य-पुस्तकें देखीं, पर उनसे मुझे संतोष न हुआ। एक में घटनाओं का गलत उल्लेख था, दूसरी में दृष्टिकोण पुराना था, तीसरी निरे व्यवसाय की दृष्टि से लिखी गई थी, चौथी की शैली दोषपूर्ण थी और जो सबसे अधिक प्रशंसित पुस्तकें थीं, वे छोटे विद्यार्थियों के लिए बिल्कुल बेकार थीं।

मैंने सोचा, इन पाठ्य-पुस्तकों से तो काम नहीं चलेगा। तब क्या करूँ? कहानियों द्वारा इन्हें इतिहास पढ़ाऊँ तो कैसा रहे?

छात्रों को कहानी सुनने का शौक था ही। लेकिन अब तक मैंने उन्हें दूसरे ही प्रकार की कहानियाँ कही थीं—आधी सच्ची और आधी काल्पनिक; गप्पों की और परीस्तान की। इतिहास की कहानियों में ऐसी तो कोई बात आती नहीं थी। फिर भी मैंने एक कहानी शुरू की। रूखी-सूखी ऐतिहासिक घटनाओं को जोड़कर मैं कहानी कहने लगा। पर कुछ ही देर में लड़के ऊब गए।

और बोले, "भाईजी, यह तो कहानी नहीं है।"

"जी, ऐसी कहानी हम नहीं सुनेंगे।"

"जी, कल सुनाई थी, वैसी सुनाइए।"

"चलिए न साहब, खेलने चलें?"

"जी, हम तो गीत ही गाएँगे।"

मैंने सोचा, अबकी तो मैं पूरा असफल रहा!

छात्रों ने मुझे चारों ओर से घेर लिया और धीरे से मेरा हाथ खींचकर वे मुझे खुले मैदान की तरफ ले गए।

मैं घर आया और राते को सोचने लगा, इन्हें संपूर्ण ऐतिहासिक सत्य कहने से तो काम नहीं चलेगा। ऐतिहासिक घटनाओं को प्रत्यक्ष देखकर लिखता भी कौन है? अब कहानी के रूप में ही इतिहास दिलचस्प बने, तो बने। और कहानी में कहानीपन तो अवश्य होना चाहिए। इसलिए मूल घटना के आस पास शक्य-सी कल्पित घटनाओं को सजाकर इतिहास पढ़ाऊँगा, तो ऊबाऊ नहीं होगा।

दूसरे दिन मैंने एक कहानी शुरू की, "एक बड़ा सा जंगल था। भीलों की वहाँ बस्ती थी। अजब उनका डील-डौल था। तीरंदाज वे ऐसे थे कि उड़ते पक्षी को मार गिराते। उस जंगल में एक झोंपड़ी थी।"

विद्यार्थी तत्काल कहानी के जादू में फँस गए और उसे पी जाने लगे। मैंने कहानी तो वीर वनराज की शुरू की थी, लेकिन घटनाओं के आस-पास रंग चोखा चढ़ा दिया था।

उस दिन कहानी अधूरी रही।

दूसरे दिन छात्रों ने दूसरा कोई काम होने ही न दिया।

"बस, वनराज, वनराज, वनराज सुनाइए!" वे सब पुकार उठे।

मैंने वनराज की कहानी पूरी की। फिर जरा डरते-डरते उनसे पूछा, "जिन्हें यह कहानी दुबारा सुननी हो, वे खड़े हो जाएँ।"

एक-दो नहीं, बल्कि सबके सब खड़े हो गए।

दूसरे दिन भी वही कहानी चली। यही क्रम तीसरे दिन, चौथे दिन और पाँचवें दिन भी रहा। अब तो छात्रों में से कोई खेलने और गाने का नाम ही न लेता था।

मैं भी देख रहा था कि उनका यह आग्रह कब तक टिकता है।

एक दिन किसी ने बड़े साहब के कान भर दिए, "जी, इस प्रयोग की सफलता-विफलता का निर्णय तो समय आने पर ही हो सकेगा। और तब आप हताश होकर शिक्षक से कहिएगा कि अरे, कुछ भी न हुआ! लेकिन तब तक इन लड़कों का एक साल नाहक ही बरबाद हो जाएगा।"

अवश्य ही मुझे इस पर जरा भी आश्चर्य न था। जिन्होंने मेरी शिकायत की थी, उन्हें मैं जानता था। मेरे छात्रों को प्रतिदिन कहानियाँ सुनने को मिलती थीं और वे मुझसे खुश रहते थे। दूसरे शिक्षकों के छात्र कक्षा में अपना असंतोष प्रकट करते थे। वे कहानी सुनना चाहते, पढ़ने में ध्यान न रखते और ऊधम मचाते; यही कारण था कि दूसरे शिक्षक मुझसे चिढ़े रहते थे।

मैं उनसे कहता, "भाई, आप अपने रास्ते जाइए, मैं अपने प्रयोग करता हूँ। मेरे दिल में हिम्मत है। मुझे भी चिंता तो है कि लड़कों का नुकसान न

हो और इसके लिए मैं मेहनत भी कर रहा हूँ। लेकिन मेरी अपनी रीति है और आपका अपना तरीका है। आप लोग चाहें तो मैं अपनी कक्षा को यहाँ से दूर हटा सकता हूँ।''

एक दिन हमारे साहब मेरी कक्षा देखने आए। वैसे तो वे भले आदमी थे, लेकिन कार्यक्रम में सारा समय कहानी का ही देखकर वे भी झुँझला उठे। मुझसे कहने लगे, ''भई, ये लोग इस तरह इतिहास कैसे सीखेंगे? जब तक कहानी कहोगे, तभी तक ठीक है। बाद में तो इस कान से सुनेंगे और उस कान से निकाल देंगे। इस तरह ये पढ़ेंगे क्या और गुनेंगे क्या?''

मुझे भी उनकी यह बात कुछ जँची। मैंने सोचा, आखिर कहानी की मुख्य वस्तु तो छात्रों को याद रहनी ही चाहिए, नहीं तो इतिहास की परीक्षा में वे असफल रहेंगे। मेरे सिर परीक्षा का बंधन तो था ही।

दूसरे दिन मैंने एक प्रयोग किया। कक्षा में वनराज की कहानी तीसरी बार चल रही थी। मैं उसे थोड़े हेर-फेर के साथ कहने लगा। तत्काल लड़कों ने मुझे पकड़ा और बोले, ''जी! आप यह क्या कहते हैं? पहले तो आपने एक हजार घोड़े बताए थे, अब पचास ही क्यों कह रहे हैं? और पहले तो झोंपड़ी नदी के किनारे थी!''

मैंने मन में कहा, इन लोगों ने कहानी को समझा और आत्मसात् तो किया ही है। मेरी हिम्मत बढ़ी। मैंने सोचा, अब ये भूलेंगे तो नहीं।

लेकिन मेरी नमक-मिर्च लगाई हुई कहानी इतिहास के परीक्षक के लिए किस काम की? मैंने सोचा, मुझे इन कहानियों को परीक्षक की दूरबीन में लाना चाहिए।

अपनी कही हुई सब कहानियाँ मैंने लिख डालीं और विद्यार्थियों से उन्हें पढ़ जाने को कहा। कहानियों के संक्षेप करने योग्य भाग मैंने संक्षेप कर डाले। कहीं-कहीं स्थान और काल का भी सही निर्देश कर दिया है। कहानी की कथन-शैली और लेखन-शैली में स्वाभाविक भेद होता है। इन भेद को मैंने समझा और उसी ढंग से कहानियाँ लिखीं। विद्यार्थियों को मेरी ये कहानियाँ पढ़ने में बड़ा मजा आया। वे एकाधिक बार उन्हें पढ़ते देखे गए। अभी तक

मुझे हिम्मत न होती थी कि इससे संबंधित प्रश्न पूछने पर विद्यार्थी मुझे सही उत्तर देंगे।

एक दिन मैंने एक कहानी को सूत्र रूप में लिखा। एक-एक वाक्य में एक-एक घटना पिरो दी और कहानी की वह रूपरेखा छात्रों को पढ़ने को दी।

विद्यार्थी उसे पढ़ते गए। पढ़ते-पढ़ते उन्हें अपनी सुनी हुई कहानी का स्मरण होने लगा। फिर एक दिन मैंने हिम्मत करके कहानी की घटनाएँ प्रश्नोत्तर द्वारा विद्यार्थियों से पूछनी शुरू कीं। मेरे अचंभे का पार न रहा। मेरे सवालों का जवाब वे तड़ातड़ देने लगे। मुझे विश्वास हो गया कि अब वे न केवल परीक्षा में पास होंगे, बल्कि परीक्षा के बाद भी उन्हें इतिहास याद रहेगा।

कुछ दिन बाद मैंने प्रयोग की दृष्टि से अधिकारी महोदय को अपनी कक्षा में बुलाया और उनसे इतिहास में छात्रों की परीक्षा लेने की प्रार्थना की।

परीक्षा के बाद उन्होंने प्रसन्न होकर कहा, "दूसरी कक्षाओं में भी इसी रीति से इतिहास पढ़ाया जाना चाहिए।"

मुझे उनके इन शब्दों से बड़ी तसल्ली हुई।

लेकिन अभी तो बहुत-कुछ बाकी था। चार महीने बीत चुके थे। फिर भी जो सफलता मुझे मिली थी, उससे मेरा उत्साह बराबर बढ़ रहा था।

❑

तृतीय खंड

छह महीनों के अंत में

1

प्रति वर्ष की प्रथा के अनुसार इस वर्ष भी हमारी पाठशाला ने बहुत पहले से तैयारियाँ शुरू कर दी थीं। डायरेक्टर महोदय पधारने वाले थे। वे जब भी आते, पाठशाला में अवश्य पधारते। पाठशाला की तरफ से उस दिन एक जलसा किया जाता और छात्रगण उसमें संवाद करते, कविताएँ गाते, कबायद करते और फिर साहब अच्छा काम करनेवाले छात्रों को इनाम देते। दूसरे छात्रों को भी कुछ-न-कुछ दिया जाता था और उस दिन पाठशाला में मिठाई बँटती थी।

सब कक्षाओं के विद्यार्थियों को इकट्ठा करके हमारे प्रधानाध्यापक ऐसे छात्रों को चुन रहे थे, जो उनकी राय में अच्छे गानेवाले, अच्छे बोलनेवाले और अच्छी तहजीब वाले थे। मेरे नाम भी इसी आशय की एक सूचना आई थी। लेकिन मेरी कक्षा के लड़के चुनाव में उपस्थित न थे। प्रधानाध्यापकजी ने मुझसे इसका कारण पूछा तो मैंने जवाब में कहा, "जी, मेरी कक्षा के लड़के इस काम में भाग नहीं ले सकेंगे।"

"क्यों?"

"यह सब तो सिर्फ डायरेक्टर महोदय को खुश करने और उनसे प्रशंसा पाने के लिए ही किया जा रहा है न?"

"हाँ, यही तो हमारी पुरानी प्रथा है और हमारे अधिकारी महोदय की यही इच्छा है।"

"जी हाँ, होगी। लेकिन मेरा मन इसे स्वीकार नहीं करता। मैं इसमें भाग नहीं लूँगा। मेरी कक्षा के लड़के भी भाग नहीं लेंगे।"

तो मुझे साहब को इसकी सूचना करनी होगी। आप मेरे साथ सहयोग नहीं करते और मेरे काम में बाधा डालते हैं।''

''जी, आप अवश्य ही उन्हें लिखिए। मैं उन्हें समझाने की चेष्टा करूँगा।''

''अच्छी बात है, ऐसा ही होगा।''

उसी जोश और घबराहट में प्रधानाध्यापकजी ने साहब के पास मेरी शिकायत लिख भेजी।

जलसे के लिए पाठशाला के दूसरे लड़कों का चुनाव हुआ। श्यामसुंदर और भीमाशंकर संस्कृत श्लोक बोलने के लिए, देवासिंह और खेमचंद कविता गाने के लिए, चंपक और रमणीक, नेमीचंद और सरजनलाल संवादों के लिए और बाकी के ऊँचे-पूरे, मोटे-ताजे और दिखनौटे पाँच-पंद्रह छात्र कवायद के लिए चुने गए।

मैं मन-ही-मन काँप उठा। मैंने कहा, शाबाश है, प्रधानाध्यापक को और शाबाश है, इस शाला को और शिक्षा की वर्तमान रीति-नीति को! ...इनमें से हर एक छात्र ऐसा चुना गया है, जिसे अपने विषय से कोई सरोकार नहीं। श्यामसुंदर और भीमाशंकर के कंठ कुछ सुरीले हैं, ब्राह्मण के लड़के हैं, घर में संस्कृत का वातावरण है, बस इसलिए वे पसंद किए गए हैं। लेकिन उन बेचारों को लाख पचने पर भी कुछ याद ही नहीं रहता। श्लोक रट-रटकर उनका दम निकल जाएगा। पर इस परिस्थिति में और हो ही क्या सकता है! मैं मन-ही-मन दुःखी होता हुआ घर गया। खाना खा ही रहा था कि इतने में बड़े साहब की चिट्ठी मिली, 'कार्यालय में आकर मुझसे मिलिए, थोड़ा काम है।' मैं जानता था कि काम क्या है। भगवान् का नाम लेकर मैं साहब के कार्यालय में पहुँचा। मैंने देखा कि उनके मुँह पर गुस्सा था। मारे गुस्से के चेहरा तमतमाया हुआ था, भौंहें चढ़ी हुई थीं। निमूँछे होंठ कुछ-कुछ हिल रहे थे। बड़े ही नाराज दिखाई दे रहे थे। मुझे देखकर कहा, ''बैठो'', और फिर बोले, ''तुम्हारी कक्षा के लड़के जलसे के कार्यक्रय में भाग क्यों नहीं लेंगे? उनमें कुछ लड़के तो सुंदर और होशियार हैं।''

मैं मन में शांत था, किंतु दिमाग मेरा भी गरम था। मैंने जवाब में कहा, ''तो क्या सुंदर और होशियार लड़के दूसरों का मनोरंजन करने के लिए हैं ? दूसरों के सामने नाच-कूदकर पाठशाला के लिए झूठी प्रशंसा प्राप्त करने के लिए हैं ?''

मेरा यह तेज जवाब सुनकर साहब कुछ शांत हुए और बोले, ''भई, हमारे लिए जलसा कोई नई बात नहीं है। कई वर्षों से यह रिवाज चला आ रहा है। जब डायरेक्टर साहब आते हैं, तब ऐसा होता ही है।''

''क्षमा कीजिएगा, साहब,'' मैंने भी जरा नरम होकर कहा, ''रिवाज चाहे जो रहा हो। मेरी राय में वह ठीक नहीं है। हमें उसे बंद कर देना चाहिए। यह तो सरासर ढोंग और दिखावा है और डायरेक्टर साहब को भी धोखा देना है।''

''धोखा ? धोखा कैसे ?''

''जी, जो कुछ हम उन्हें दिखावेंगे, वह सब छात्रों को मार-मारकर और रटा-रटाकर ही तो तैयार किया जाएगा न ? हमारी पढ़ाई का वह सच्चा और स्वाभाविक परिणाम तो होगा नहीं। कई दिनों तक रिहर्सल चलेगा, जोरों की रटाई होगी, तब कहीं लड़के तोतों की तरह उसे पढ़ेंगे और सो भी पीछे से मदद मिलने पर ! इसमें लड़कों का समय और शक्ति दोनों नष्ट होंगे। उनकी पढ़ाई पिछड़ेगी। जिन छात्रों को जिस काम के लिए आज चुना गया है, वे उनके योग्य नहीं हैं। उन्हें तो मार-मारकर ही हकीम बनाना पड़ेगा।''

''लेकिन इसमें विश्वासघात क्या है ?''

''जी, विश्वासघात तो यह है कि हम साहब पर यह असर डालना चाहते हैं कि हमारे लड़के होशियार हैं, हमारी पाठशाला सुंदर है, हमारा काम नमूनेदार है। लेकिन असल में हम क्या हैं और क्या नहीं, वह तो हम अच्छी तरह जानते हैं।''

साहब कुछ देर को चुप रहे। बैठे विचार करने लगे। मैंने आगे कहा, ''जी, हम लोग तो ढोंग करते ही हैं, लड़कों को भी हम उसी रास्ते पर ले जा रहे हैं। हमारे साहब भी हमसे खुश होने का अभिनय करेंगे और इनाम

देते समय कहेंगे, 'इन छात्रों ने जिस बुद्धिमानी, योग्यता और अभिरुचि का परिचय दिया है, उससे मैं बहुत खुश हुआ हूँ। सचमुच इनमें से कुछ छात्र तो इस बात का सुंदर विश्वास दिलाते हैं कि आगे चलकर ये अच्छे विद्वान्, उत्तम नागरिक और सच्चे मनुष्य बनेंगे। इन्हें उत्साहित करने के लिए कुछ पुरस्कार रखे गए हैं। मैं इस योजना का हृदय से स्वागत करता हूँ। आज इन छात्रों को ये पुरस्कार देते हुए मुझे बहुत आनंद हो रहा है।' क्या ये बातें उनके हृदय से निकलेंगी? क्या वे नहीं जानते कि यह सारा कार्यक्रम केवल उनकी खुशामद के लिए है? इन इनाम पानेवाले लड़कों से रटाया न जाए, विशेष परिश्रम के साथ इन्हें तैयार न किया जाए, तो यों ही ये कैसे विद्वान्, नागरिक और मनुष्य हैं, सो तो आप, हम और इनके माँ-बाप सभी भलीभाँति जानते हैं।''

साहब ने कहा, ''भई, तुम पढ़े तो हो, लेकिन गुने नहीं हो। व्यवहार की बातों में अभी बहुत कच्चे हो। तुम्हारे लिए सभी बातें सैद्धांतिक हैं। लेकिन हमें तो सभी को देखना पड़ता है।''

मैंने कहा, ''जी, सच है, फिर भी मैं इसमें भाग नहीं ले सकूँगा। मुझसे यह धाँधली सहन नहीं होगी।''

''तो तुम क्या करोगे?''

''जी, मेरी कक्षा को आप इस प्रपंच से दूर ही रखिए।''

''लेकिन इससे तो बड़ी कठिनाई पैदा होगी। भला, दूसरे शिक्षक और अधिकारी मुझे क्या कहेंगे? और मेरी कठिनाइयाँ कितनी बढ़ जाएँगी? अरे, मुझे तो यह आशा थी कि तुम्हारी कक्षा के अच्छे लड़कों को देखकर साहब अधिक प्रसन्न होंगे। पर तुम तो···''

मैंने कहा, ''जी, आप मुझे इससे तो मुक्त ही रखिए। मैं डायरेक्टर महोदय के मनोरंजन के लिए कुछ नहीं करूँगा। मैं ऐसा कुछ प्रबंध करूँगा कि लड़कों का समय भी बरबाद न हो, शक्ति का अपव्यय भी न हो और उन्हें ढोंग और दिखावा भी न करना पड़े। आप उन्हें मेरी कक्षा में लाइएगा। मुझे विश्वास है कि मेरे कार्यक्रम से आप और वे दोनों प्रसन्न होंगे।''

वे कुछ देर तक सोचते रहे, फिर मुसकराए और मुझसे बोले, ''अच्छा,

तुम एक काम करो। मैं तुम्हारे प्रधानाध्यापक के नाम एक पत्र लिखे देता हूँ। वे तुम्हें इस काम से मुक्त रखेंगे। लेकिन देखो, तुम उन्हें चिढ़ाना नहीं। वे बेचारे पुराने खयाल के आदमी हैं और तुम हो उमंग भरे नौजवान। मुझे तो दोनों को सँभालना है और तुम तो जानते ही हो कि यह काम कितना कठिन है!''

मैंने मन-ही-मन साहब की प्रशंसा करते हुए कहा, ''अच्छा साहब, अब आज्ञा हो चलूँ?''

पाठशाला में आज बड़े उत्साह के साथ तैयारियाँ चल रही थीं। साहब पधारेंगे! डायरेक्टर साहब पधारेंगे!

बड़े और छोटे अफसर, गाँव के नागरिक और जनता, विद्यार्थी और शिक्षक सभी आ चुके थे। मेरे साथी शिक्षकों की अजीब स्थिति थी। दिल धुक-धुक कर रहा था, चेहरे पर उदासी थी, फिर भी तनकर खड़े रहने की कोशिश कर रहे थे और अपने-अपने काम में व्यस्त थे। प्रधानाध्यापकजी ने हमारी पाठशाला के ऊधमी लड़कों को एक ओर बुलाया और उन्हें धमकाते हुए कहा, ''देखो, हरामखोरो! जरा भी ऊधम या गड़बड़ की, तो कल अच्छी तरह धुनाई करूँगा, समझे!''

तालियों की गड़गड़ाहट और संगीत के साथ डायरेक्टर साहब पधारे। प्रधानाध्यापक ने पाठशाला का वार्षिक विवरण बड़ी शान से और बुलंद आवाज में इस तरह पढ़कर सुनाया, मानो लोगों को यह विश्वास दिला रहे हों कि वे काँप नहीं रहे हैं। इसीलिए वे बार-बार तनकर पढ़ते थे। पर विवरण समाप्त होने से पहले ही अंदर से उनका कुरता प्रायः भीग चुका था और उनकी आवाज में खरखरापन आ चुका था। विवरण-वाचन के बाद 'रेसीटेशंस', अर्थात् कविता-पाठ और संवाद का कार्यक्रम शुरू हुआ। लड़के ग्रामोफोन की तरह कविता पढ़ने लगे। उनके मुँह पर किसी भी प्रकार के कोई हाव-भाव न थे। वे जोर से और हाथ-पैर हिलाकर बोलते थे। दुःख केवल इतना ही था कि जो कविताएँ पसंद की गई थीं, वे सुंदर, सरस और अच्छे कवियों की होते हुए भी इतनी कठिन थीं कि छात्र उन्हें समझ नहीं सकते थे। बेचारे बिना समझे पढ़ते थे, पढ़कर के अभिनय करते थे और अपनी 'रसिकता' का

परिचय दे रहे थे। यही हाल संवादों का था। संवाद तो उपदेश- पूर्ण ही होते हैं। जो उपदेश बड़ों के मुँह में शोभा देते, वे ही बालकों के मुँह में लज्जा का कारण बन रहे थे। उपदेशों का यह प्रहसन बहुत ही बेहूदा था। अकेला मैं ही नहीं, स्वयं डायरेक्टर साहब भी इसे अनुभव कर रहे थे। इसी कारण वे मूँछों में हँस भी रहे थे। मेरे साथी शिक्षक अगर तटस्थ होकर इसे देखने का प्रयत्न करते, तो उन्हें भी ऐसा ही अनुभव होता।

सम्मेलन समाप्त हुआ। साहब ने आभार माना। अपना हर्ष प्रकट किया। ईनाम बाँटे गए। प्रधानाध्यापक, बड़े अधिकारी और दूसरे सब आज के इस कार्य से संतुष्ट दिख रहे थे। साहब ने शिष्टाचार के रूप में कहा, "आपकी पाठशाला का काम देखकर मुझे संतोष हुआ है।"

इतने में हमारे साहब ने बड़े साहब से विनती की, "चौथी कक्षा के ये शिक्षक आपको अपना कुछ काम दिखाना चाहते हैं। उस परदे की आड़ में इन्होंने कुछ प्रबंध किया है।"

साहब ने बड़ी सदाशयता का परिचय दिया; वे तत्काल राजी हो गए। मैं परदे के पीछे चला गया। तीसरी घंटी के साथ मैंने परदा खोला। बीच में मैं और आसपास मेरे विद्यार्थी थे। हमारी कक्षा में प्रतिदिन गाया जानेवाला एक गीत हम प्रार्थना के रूप में गा रहे थे। कमरे में शांति का साम्राज्य था। सब असमंजस में पड़े थे कि अचानक यह नाटक कैसा ?

प्रार्थना के बाद छात्रों ने 'कचहरी में जाऊँगा' नामक एक खेल शुरू किया। एक लड़का चूहा बना। कमर से रस्सी बाँधकर उसने अपनी पूँछ बनाई थी। सिर पर काला कपड़ा ओढ़े था और चार पैरों से चलकर वह 'चूँ-चूँ' कर रहा था। एक लड़का दरजी, दूसरा बेलबूटे वाला, तीसरा मोती वाला, चौथा मृदंग वाला, पाँचवाँ राजा और छठा मैं का था, मैं राजा का सिपाही था।

पात्र सब हमेशा की सादी पोशाक में थे। राजा टेबल पर रोब और शान से बैठा था। सिर पर तिरछी टोपी पहने था। सिपाही ने अर्थात् मैंने, अपनी मूँछों पर ताव देकर मूँछें खड़ी कर ली थीं। साफा कुछ टेढ़ा बाँध लिया था और हाथ में एक धुरी थी। मृदंग वाले के पास मृदंग था। दूसरे सब खाली हाथ थे।

हमारा रंगमंच बिल्कुल सादा था। परदे के पीछे एक तख्ते पर सारा कार्यक्रम लिखा रखा था। कमरा साफ, झाड़ा और बुहारा हुआ था। फर्श पर एक छोटी दरी एक छात्र के घर से मँगाकर बिछाई थी। पाठशाला में ऐसी कोई चीज नहीं थी, जो रंगमंच की शोभा के लिए रखी जा सके। फिर भी पीपल और नीम की डालियाँ काटकर पत्तियों से दीवारें सजा दी गई थीं। फर्श पर लड़कों ने रंग-बिरंगी खड़िया से अपनी पसंद के चित्र बनाए थे। चूहे का नाटक शुरू हुआ और खत्म हुआ। बड़े और छोटे सब शांत भाव से देखते रहे। छोटे यानी विद्यार्थी तो बड़ी ही दिलचस्पी के साथ देख रहे थे—बड़े भी आश्चर्य में डूबकर देखे जा रहे थे।

"यह क्या? यह नवीनता कैसी? यह नाटक कैसा?"

मुझे कहना चाहिए कि लड़कों ने नाटक सुंदर ढंग से खेला था। वे गलती नहीं कर रहे थे। 'प्रॉम्पटर' कोई रखा ही न गया था। जहाँ जरा भी गलती का शक होता था, वहाँ मैं ही प्रकट रूप से उसे सुधार देता था।

दूसरा नाटक 'बुढ़िया' का और तीसरा 'खरगोश' का खेला गया। ले-देकर परदा एक ही था। सीन-सीनरी नाम लेने को भी न थी। लड़के कभी सिर पर कपड़ा ओढ़ लेते थे, तो कभी हाथ में छड़ी ले लेते थे। बाकी सारा दारोमदार तो लड़कों के अभिनय पर ही था।

अंतिम प्रार्थना के बाद नाटक का कार्य समाप्त हुआ और मैं रंगमंच पर आया। मैंने नाटक के मैनेजर की हैसियत से अपने दर्शकों से कहा, "सज्जनो! हमारे इन नाट्य प्रयोगों को शांतिपूर्वक देखने के लिए हम हृदय से आपका उपकार मानते हैं। इस संबंध में मैं आपसे एक निवेदन करना चाहता हूँ। आशा है, आप सुनने की कृपा करेंगे।

"ये चौथी कक्षा के विद्यार्थी हैं। जब मैंने इनसे पूछा कि इस अवसर पर हम भी अपने नाटक क्यों न खेलें, तो ये सहर्ष तैयार हो गए। इन्होंने बड़े उत्साह और तत्परता का परिचय दिया। तुरंत ही नाटक पसंद किए गए। जो कहानियाँ इन्होंने पढ़ी और सुनी थीं, आपके सामने अभी उन्हीं का अभिनय इन्होंने किया है। मैंने इनसे कहा था कि जिस तरह हर हफ्ते हम बिना किसी

तैयारी के नाटक खेलते हैं, उसी तरह इस बार भी खेलेंगे। हमारी कक्षा में कोई चीज रटाई नहीं जाती। छात्रों को कहानी की वस्तु भलीभाँति याद रह जाती है। हर पात्र जानता है कि कहानी में उसका कथन क्या है। फिर तो रंगमंच पर कहानी का संबंध बनाए रखकर प्रसंग के अनुसार ये यथेच्छ वार्त्तालाप कर लेते हैं। इसमें किसी छात्र को कभी अपना पार्ट याद करने की आवश्यकता नहीं रहती। सीन-सीनरी और वेश-भूषा तो नाटक के गौण अंग हैं, महत्त्वपूर्ण अंग तो अभिनय और भाव-प्रदर्शन का है। हम इसी पर विशेष ध्यान देते हैं। वेश-भूषा का तामझाम नहीं रखते। इससे अभिनय को विकास का पूरा अवसर मिलता है। आपने अभी यहाँ जो कुछ देखा है, उससे आपको भी यही प्रतीति हुई होगी। मेरे छात्रों को इस कार्य में बड़ा मजा आता है। वे इसे हृदय से चाहते हैं। उन्हें कभी शाबाशी देने की जरूरत नहीं पड़ती। अपने काम से उन्हें अपने-आप ही संपूर्ण संतोष हो जाता है।

''सज्जनो! जिस प्रेम और शांति से इन छात्रों के ये नाटक आपने देखे हैं, उसके लिए मैं पुन: आपको हृदय से धन्यवाद देता हूँ।''

डायरेक्टर साहब के मुँह पर प्रसन्नता खेल रही थी। मैं बड़ी देर से इस बात को देख रहा था। वे तुरंत ही उठे और बोले—

'I cannot but congratulate both the teacher and the taught for the real treat they gave us this afternoon. It was splendid! I felt, I was in a new school in my country—England. It was really charming to see little kiddies playing mouse and tailor and king and so forth and so on, all spontaneous and free. Al recitation and cramming is a thing of the past. Oh! It's a terrible demon! It's ugly, soul-killing.'

(श्री लक्ष्मीशंकर और उनके विद्यार्थियों ने अभी-अभी जिस खेल में हमारा वास्तविक मनोरंजन किया है, उसके लिए मैं उनका अभिनंदन करता हूँ। उनका काम सचमुच ही सुंदर था। मुझे तो ऐसा प्रतीत हो रहा, मानो मैं अपनी मातृभूमि—इंग्लैंड में हूँ। वह दृश्य निस्संदेह अद्भुत था, जबकि ये

नन्हे-नन्हे बालक स्वयंस्फूर्ति से चूहे, दरजी और राजा का अभिनय कर रहे थे! 'रेसीटेशन' और रटे हुए संवादों का जमाना अब लद चुका है। ये चीजें वास्तव में क्रूर, असभ्य और आत्मा का नाश करनेवाली हैं।)

इतना कहकर वे कुछ ठहरे और फिर कहने लगे—

'I again say, I am very happy to see this. I won't give them prizes. The genuine pleasure they felt while acting, is a greater and better reward than anything else. I am very glad indeed; very, very glad.'

(मैं फिर कहता हूँ कि आज का यह काम देखकर मुझे बहुत आनंद हुआ है। इसके लिए मैं इन्हें ईनाम नहीं दूँगा। नाटक खेलते समय इन्हें जो वास्तविक आनंद हो रहा था, इसके लिए वही सच्चा ईनाम है। सचमुच, आज मैं बहुत ही खुश हूँ।)

सम्मेलन समाप्त हुआ। लोग अपने-अपने घर को चले गए।

साहब की खुशी का ठिकाना न था। उन्होंने बड़े साहब के साथ मेरा परिचय कराया और मेरे प्रयोग की बात भी कही। साहब ने मेरे साथ हाथ मिलाते हुए कहा—

'Bravo! you are success! Go on with your experiments. This is something! Rest is sham and bosh!'

(शाबाश! आप अपने काम में सफल हुए हैं, ऐसे प्रयोग बराबर करते रहिए। असल शिक्षा तो इसी में है, और तो सब निरुपयोगी है, निरा ढोंग है!)

डायरेक्टर के इन शब्दों ने मेरे साहब के मन में कैसी गुदगुदी और कितना गर्व पैदा किया होगा, आप सोच सकते हैं! मैं तो अत्यंत प्रसन्न था ही।

मैं घर गया। सचमुच आज मैं आनंद-मग्न था। साहब ने मुझसे हाथ मिलाया और मुझे शाबाशी दी, यह एक कारण था। पर सच्चा कारण तो यह था कि आज मेरे प्रयोगों की कद्र की गई थी। मैंने सोचा, साहब तो एक पॉलिटिकल अफसर हैं। उन्हें इस नई पाठशाला और इसके संबंध की समस्त बातों का क्या पता होगा? लेकिन बाद में मुझे मालूम हुआ कि उन्होंने अपने

लड़के को यूरोप की किसी नई-से-नई पाठशाला में पढ़ने के लिए भरती कराया है और इसीलिए वे नई शिक्षा से प्रेम रखते हैं।

रात को मेरे दो-चार साथी शिक्षक मुझसे मिलने आए। वे मुझसे पूछ ही रहे थे कि डायरेक्टर साहब ने मुझसे क्या कहा और क्या नहीं कि इतने में तो हमारे अफसर की चिट्ठी आ गई और मैं उनके घर चला गया।

साहब आज प्रसन्न थे। डायरेक्टर साहब ने पाठशाला के काम से संतोष जो प्रकट किया था। जाते ही साहब ने मुझे कुरसी दी और स्वयं आरामकुरसी पर लेटते-लेटते बोले, "भाई, पहले मुझे यह तो बताओ कि लड़कों ने नाटक रटे थे या नहीं?" मैंने कहा, "जी, आपके मन पर उनके काम की कैसी छाप पड़ी है?"

साहब ने कहा, "मैं तो बहुत खुश हुआ हूँ, लेकिन लड़कों ने यह सब याद कैसे किया होगा? उन्होंने बड़े अच्छे ढंग से बातें की थीं।"

मैंने कहा, "जी, आप सच कहते हैं। मैंने उन्हें कहानियाँ सुनाई थीं। कहानियाँ उन्हें पसंद आई थीं। कहानी के पात्रों के मनोभावों के साथ उन्होंने एकतानता का अनुभव किया था। जो बातें उन्होंने वास्तव में अपना ली थीं, उन्हीं को वे अपने ढंग से प्रकट कर रहे थे।"

साहब ने पूछा, "लेकिन अभिनय उन्हें किसने सिखाया?"

मैंने कहा, "सिखाता कौन? हम हर हफ्ते नाटक खेलते हैं। मैं स्वयं उसमें भाग लेता हूँ और लड़के तो सम्मिलित होते ही हैं। मैं अपने पात्र के हावभाव, जैसे मुझे आते हैं, उनके सामने प्रकट करता हूँ। वैसे ही लड़के भी अपने पात्रों के हाव-भाव प्रकट करते हैं।"

साहब ने कहा, "लेकिन यह होता कैसे है? मैं तो समझ नहीं पाया?"

मैंने कहा, "साहब, छात्रों की आँखें खुली रहती हैं न? वे दरजी, बढ़ई, कुम्हार, चूहों आदि को देखते हैं, उनकी बातें सुनते हैं। कहानी में उनका जो वर्णन आता है, उसे भी वे सुनते हैं। ईश्वर ने उन्हें कल्पना-शक्ति भी दी है, इसलिए वे अनुभव और कल्पना का मेल मिलाकर अभिनय करते हैं। उनको जैसा सूझता है, वैसा करते हैं। वे खुद ही अपने परीक्षक होते हैं। वे देख

लेते हैं कि अनुभव और कल्पना को रंगमंच पर किस प्रकार व्यक्त किया जा सकता है।''

साहब ने कहा, ''अजी, ये तो बहुत ही गंभीर और कठिन बातें हैं।''

मैंने कहा, ''जी हाँ, किंतु लड़कों को इन बातों का ऐसा खयाल थोड़े ही होता है? यह तो मैं हूँ कि उनके कार्यों का पृथक्करण करके आपको सुना रहा हूँ।''

साहब ने कहा, ''ठीक है। I see (मैं समझा)। भई, सचमुच आज तो तुमने कमाल ही कर दिया! डायरेक्टर साहब आज बहुत ही खुश थे।''

मैंने कहा, ''और वे खुश न होते, तो भी नाटक का काम तो जारी ही रहता।''

साहब बोले, ''किंतु तुमने अपने इन प्रयोगों की बात मुझसे तो कभी कही ही नहीं। शायद प्रधानाध्यापक और दूसरे शिक्षक भी नहीं जानते होंगे।''

मैंने कहा, ''जी, सच है। मैंने कभी उनसे इसका जिक्र नहीं किया। उनके विचार में तो यह सब बेकार है। वे तो छहमाही परीक्षा के लिए 'कोस' तैयार कराने में लगे हैं।''

साहब ने पूछा, ''लेकिन उन्हें पता तक न चला, यह कैसे संभव हुआ?''

मैंने कहा, ''जी, हम हर हफ्ते बाहर घूमने जाते हैं और वहीं खेल के रूप में यह सब किया करते हैं। मैं अपने साथ एक चादर ले जाता हूँ। उसी का परदा बना लिया जाता है। दो लड़के उसे पकड़कर खड़े हो जाते हैं। इस तरफ देखनेवाले और उस तरफ खेलनेवाले!''

साहब ने पूछा, ''क्या सच कह रहे हो?''

मैंने कहा, ''जी, ठीक ही कह रहा हूँ।''

साहब उत्साहित होकर बोले, ''अच्छा, तो अब मैं अपनी पाठशाला की सब कक्षाओं में नाटक का कार्यक्रम भी रखूँगा। डायरेक्टर साहब को तो यह बहुत ही पसंद है। सचमुच नाटक बड़ी सुंदरता के साथ खेले गए थे। 'रेसीटेशन' आदि का झगड़ा न रखें तो हानि ही क्या है?''

मैंने कहा, ''जी, मैं तो इसी विचार का हूँ। फिर जैसा आप चाहें, कर सकते हैं।''

साहब ने कहा, ''बस, मैं यही करूँगा। बड़े साहब भी तो यही कहते थे कि Be damned cramming, yes, I also remember my days of cramming. (सत्यनाश हो इस रटाई का! हाँ, मुझे भी अपने वे दिन भलीभाँति याद हैं, जब मैं भी रटा करता था।) पर चूँकि मैं बचपन से ही थोड़ा बुद्धिशाली रहा हूँ, इसलिए मुझ अधिक कठिनाई नहीं हुई। दूसरे लड़के तो बेचारे रट-रटकर मरे जाते थे। Be damned cramming!''

मैं अपने मन में मुसकरा रहा था। मैंने सोचा, आज बड़े साहब के पधारने से मेरा बड़ा काम बन गया! मेरे प्रयोगों में आज का यह अनुभव भी महत्त्व का है। मैं घर गया और चैन की नींद सो रहा।

2

छह माही परीक्षा निकट आ गई थी। दूसरी कक्षाओं में पिछला दोहराया जाने लगा था। इतिहास, भूगोल, गणित और भाषा की रटाई फिर शुरू हो गई थी। एक बार तो उनका छह माही अभ्यास पूरा भी हो चुका था। मेरी अपनी गाड़ी अभी कोसों दूर थी और यदि परीक्षा की दृष्टि से सोचूँ, तब तो मैं बहुत ही पिछड़ा हुआ था, लेकिन फिर भी मुझे अपनी कक्षा को परीक्षा तो दिलानी ही थी।

पुनरावर्तन में समय बिताने की मुझे जरूरत न थी। मेरा उतना समय बचने ही वाला था। मेरी पढ़ाई अंत तक चलनेवाली थी, क्योंकि मेरी कक्षा में जो कुछ होता था, उसका पुनरावर्तन विद्यार्थी स्वयं ही कर लिया करते थे। मैंने ऐसा योजनाएँ भी बना रखी थीं कि जिनसे विद्यार्थी अपना पढ़ा हुआ दोहरा लिया करें। उदाहरणार्थ, अंत्याक्षरी आदि के खेलों में कविताओं का पुनरावर्तन वे बार-बार कर ही लेते थे।

लेकिन अभी तक मैंने भूगोल, पदार्थ पाठ और व्याकरण को छुआ तक न था। मैंने सोचा, अब मैं व्याकरण शुरू करूँ। व्याकरण एक कठिन विषय माना जाता है और इस विषय से विद्यार्थियों को सहज ही कोई दिलचस्पी भी नहीं हो सकती। चौथी कक्षा के विद्यार्थियों को भाषा का पदच्छेद करने में

भला क्यों आनंद आने लगा? उसमें ऐसा कौन सा रसिक तत्त्व है, ऐसी कौन सी वस्तु है, जो उनके लिए आनंददायक हो या जीवन के लिए उपयोगी कोई ज्ञान प्राप्त कराती हो? ऐसा कौन सा स्थल है, जहाँ पहुँचकर विद्यार्थी यह कह सके कि वाह, इसमें तो बड़ा ही आनंद है! यह तो बड़ी ही उपयोगी चीज है। इसी कारण मैंने अपना यह विचार बना रखा है कि व्याकरण की शिक्षा बड़ी उम्र के उन्हीं विद्यार्थियों के लिए उपयुक्त हो सकती है, जो भाषा की शिक्षा में दिलचस्पी लेने लगे हों। प्राथमिक पाठशाला से तो इस विषय को निकाल ही देना चाहिए। जो विषय सीखने में कठिन हो और जिसे सीखते-सीखते विद्यार्थी ऊब जाए, वह सिखाया ही क्यों जाए? ज्ञान के दूसरे विषयों का कौन अभाव है, जो ऐसे रूखे और अनुपयुक्त विषय छात्रों को सिखाए जाएँ?

पर मेरे लिए तो यह प्रयोग अनिवार्य ही था। वैसे भी, कम-से-कम अपनी शर्त के अनुसार, परीक्षा के समय तक तो मुझे यह विषय भी छात्रों को भलीभाँति सिखा देना जरूरी था। तात्त्विक विचारों के कारण व्यवहार में इसे अपने प्रयोगों से मुक्त रखना मेरे लिए उचित न होता। मुझे तो यह सिद्ध करना था कि आजकल की चौथी कक्षा में भी यह विषय किस प्रकार अच्छी तरह सिखाया जा सकता है।

मैंने व्याकरण का 'कोर्स' पढ़ा और सोचा कि मैं इस क्रम से तो नहीं चलूँगा। संज्ञा, सर्वनाम, क्रियापद आदि की परिभाषाएँ रटी तो बड़ी जल्दी जा सकेंगी, परंतु समझ में उतनी जल्दी न आ पाएँगी। जब बचपन में मुझे यह विषय समझाया जाता था, तो मैं भी इसे समझ नहीं पाता था; केवल याद भर रख लिया करता था। पर मेरे शिक्षकों को इसी से यह भ्रम हो जाता था कि मैं विषय को भलीभाँति समझ चुका हूँ। मैंने प्रचलित प्रथा को तो नमस्कार करना ही उचित समझा। अब सवाल यह उठता था कि व्याकरण पढ़ाया किस तरीके से जाए? मैंने इस पर विचार किया, एक योजना भी बना डाली और तदनुसार काम करने लगा। सचमुच विद्यार्थियों को बड़ा मजा आया। उनके लिए वह एक सुंदर खेल हो गया और दो महीनों में तो वे संज्ञा, सर्वनाम, विशेषण, क्रियापद और अव्यय पहचानना और उन्हें वाक्यों में से चुनकर

दिखाना सीख गए। एकवचन और बहुवचन, स्त्रीलिंग और पुल्लिंग का भेद भी वे समझ गए। मैं कर्ता और कर्म को पहचानने की योजना पर विचार ही कर रहा था कि इस बीच एक दिन, जब हमारी कक्षा में व्याकरण के खेल चल रहे थे, अचानक एक श्रीमान डिप्टी डायरेक्टर महोदय आ पहुँचे। उन्होंने मेरा कार्य देखा तो दंग रह गए। कहने लगे, "भई, लड़कों को ताश खेलना क्यों सिखलाते हो? छह माही परीक्षा नजदीक आ रही है, जरा तेजी से काम लो। देखो, कहीं हमें नीचा न देखना पड़े। याद रखो, तुम्हें अपना प्रयोग सफल करके दिखाना है!"

मैंने हँसकर कहा, "जी, मुझे इसकी पूरी-पूरी चिंता है। ये तो व्याकरण के खेल चल रहे हैं। आप जरा व्याकरण में इन छात्रों की परीक्षा लेकर देखिए!"

साहब ने छात्रों से दो-चार सवाल पूछे। फिर मुझसे कहने लगे, "ओहो! यह तो बड़ा ही सुंदर काम हुआ है! तुम्हें मुझे यह सारी योजना समझानी होगी। यदि तुम अपने छात्रों को इतनी दिलचस्पी के साथ व्याकरण पढ़ा सकते हो, तो सभी कक्षाओं में तुम्हारी रीति से व्याकरण क्यों न पढ़ाया जाए? कल छुट्टी है; मेरे घर आओ और मुझे समझाओ, किन-किन साधनों से तुमने क्या-कया किया है?"

दूसरे दिन मैं व्याकरण की सारी सामग्री लेकर साहब के घर गया और मैंने उन्हें अपनी योजना आरंभ से इस प्रकार समझाई—

"साहब! देखिए, यह मेरा पहला साधन है। इस गत्ते या पट्ठे पर एक ओर पुल्लिंग और दूसरी ओर स्त्रीलिंग के शब्द लिखे हैं। ऊपर 'स्त्रीलिंग' और 'पुल्लिंग' भी लिखा है। आप देखेंगे कि इन पुट्ठों पर नियमित स्त्रीलिंग के और उन पर अनियमित स्त्रीलिंग के शब्द हैं। मेरा पहला काम यह है कि मैं ये पट्ठे छात्रों को पढ़ने के लिए देता हूँ। वे इन्हें पढ़ते हैं—जितने पट्ठे उन्हें दिए जाएँ, उतने सब वे पढ़ डालते हैं। इस प्रकार उन्हें सहज ही लिंगवाचक शब्दों का परिचय हो जाता है। पट्ठों पर मैंने लिखा है—'स्त्रीलिंग' और 'पुल्लिंग'। इससे शब्दों के लिंग का कुछ विचार मन में जाग्रत् होता है। पर आरंभ में तो इससे वे केवल लिंगवाचक शब्दों का परिचय ही प्राप्त करते हैं।

''इतना कर लेने के बाद एक दिन मैंने उनसे पूछा, ''बोलो भाई, बैल की स्त्री कौन?''

उन्होंने कहा, 'गाय'। 'सिंह की?' सिहिनी।' 'लड़के की?' 'लड़की।' 'बुड्ढे की?' 'बुढ़िया'। 'कुत्ते की कुतिया।' 'मोर की?' 'मोरनी'।

''मेरी यह योजना खूब सफल हुई। प्रथम परिचय से उनमें विचार जाग्रत् हुए थे। अब शब्द-परिचय से उनमें ज्ञान भी जागा।''

मैंने कहा, ''आओ, हम एक खेल खेलें। मैं पुल्लिंग लिखूँ, तुम उनके स्त्रीलिंग लिखो।'' मैंने पुल्लिंगवाचक शब्द लिखने शुरू किए और वे मेरे साथ खुशी-खुशी स्त्रीलिंग शब्द लिखने लगे। जाँच कर देखा, तो बहुत कम गलतियाँ निकलीं। कुछ ही छात्रों की गलतियाँ थीं।

मैंने कहा, ''देखो, तुम्हें एक दूसरा खेल सिखाता हूँ। ये दो पेटियाँ हैं। एक में पुल्लिंग के शब्द हैं और दूसरी में स्त्रीलिंग के। पुल्लिंग का स्त्रीलिंग ढूँढ़ो और स्त्रीलिंग शब्द के पुल्लिंग का पता लगाओ।''

''लड़कों ने यह खेल कई घंटों तक खेला।''

साहब बोले, ''लेकिन पेटी तो एक ही थी। सब एक साथ किस तरह खेले होंगे?''

मैंने कहा, ''जी, इसके लिए तो मुझे एक तरकीब सोचनी पड़ी थी। कक्षा में दोनों तरफ मैंने दस-दस वर्तुल बनाए थे। एक तरफ के दस वर्तुलों में पुल्लिंग और दूरी तरफ के दस में स्त्रीलिंग शब्द रखे थे। एक-एक वर्तुल के पास एक-एक विद्यार्थी बैठा था। अपने वर्तुल का शब्द लेकर वह उसकी स्त्री या पुरुष को ढूँढ़ने जाता और जो जहाँ से मिलता, पता लगाकर नर और नारी को वहाँ एक साथ रखता। इस प्रकार हर एक वर्तुल के पास स्त्री-पुरुष के जोड़े इकट्ठा हो जाते। सब शब्दों के समाप्त होने पर खेल फिर से शुरू कर दिया जाता। जब खेलनेवाले सिर्फ दो व्यक्ति होते हैं, तो वे एक-एक पेटी लेकर स्त्री के पुरुष और पुरुष की स्त्री का पता लगाते हैं।''

साहब बोले, ''वाह, यह तो बड़ी मजेदार तरकीब है! लेकिन नपुंसकलिंग के लिए तुमने क्या किया था?''

''जी, स्त्रीलिंग और पुल्लिंग का अच्छा परिचय हो जाने के बाद एक दिन मैंने तख्ते पर 'नपुंसकलिंग के शब्द' शीर्षक देकर थोड़े शब्द लिखे—होल्डर, टेबल, तख्ता, डस्टर, दवात आदि। लड़के उन्हें पढ़ गए और सोचने लगे कि इनका लिंग क्या होगा? जितना वे जानते थे, उसके आधार पर इनके लिंग का निर्णय नहीं कर सकते थे। मैंने कहा, ''ये शब्द नपुंसकलिंग के हैं।'' और तख्ते पर 'नपुंसकलिंग लिखा।''

एक विद्यार्थी पूछ बैठा, ''लेकिन नपुंसक के मानी क्या हैं?''

मैं बोला, ''जो न पुरुष है, न स्त्री है, वह नपुंसक है।''

लड़के कुछ समझते से दिखाई पड़े। मैंने फौरन ही कहा, ''लिखो, शब्द लिखो तीन। खाने बना लो—एक स्त्री का, एक पुरुष का और एक नपुंसक का।''

मैंने उन्हें साठ शब्द लिखाए और स्वयं मुझे भी यह देखकर आश्चर्य हुआ कि अधिकांश छात्रों ने बिल्कुल सही लिखा था। मैंने सोचा कि परिभाषा वगैरह के पचड़े में न पड़कर पहले इस तरह का परिचय कराना ही अच्छा है। खेलों द्वारा पहले यह परिचय कराया जा सकता है और धीरे-धीरे उन्हें इनकी शास्त्रीय परिभाषा भी बताई जा सकती है।

साहब ने पूछा, ''लेकिन अगर 'कैसा', 'कैसी' आदि प्रश्न पूछकर समझाते तो कैसा रहता?''

मैं बोला, 'जी, वह तो Rule of thumb ही होता—निरी रटाई। छात्रों को बिना समझे याद करना पड़ता। अब उनके मनोविनोद की दृष्टि से उन्हें 'कैसा', 'कैसी' की रीति भी बताई जा सकती है।''

साहब उत्साहित होकर बोले, ''अच्छा तो अब आगे की योजना कहो।''

मैं बोला, ''इसके बाद मैंने 'वचन' लिये। एकवचन और बहुवचन। और ये भी उसी रीति से सिखाए।''

साहब बोले, ''क्या कहते हो? इसके लिए भी खेल ही खेलाते थे?''

मैंने कहा, ''जी हाँ! एकवचनवाला बहुवचन को ढूँढ़कर लाता और उसे उसको जोड़ में रखता।''

साहब बोले, ''यह भी ठीक रहा। तो अब यह बताओ कि तुमने संज्ञा और क्रियापद आदि किस तरह से सिखाए ?''

मैंने कहा, ''जी साहब, देखिए। पहले तो मैंने क्रियापद शुरू किए। विद्यार्थी पढ़ना तो जानते ही हैं। मैंने उन्हें समझाया कि मैं जैसा तख्ते पर लिखूँ, वे वैसी ही क्रिया करें। मैंने उनसे कहा, ''मैं क्या लिखूँगा, तुम क्रिया करना। मैं जिसकी ओर इशारा करूँ, वही करे।''

मैंने तख्ते पर लिखा—उठो, बैठो, दौड़ो, सोओ, खेलो, नाचो, पढ़ो, बालो, हिलो, डुलो, गिरो, कूदो, डरो, उछलो, हँसो, गाओ, आदि-आदि।

इन सादी क्रियाओं के करने में लड़कों को बड़ा आनंद आया। वे कहने लगे—'और लिखिए।' मैं ऐसे शब्द सोचता और लिखता गया और वे वैसी क्रिया करते गए। दूसरे दिन मैंने एक कार्ड पर लिखा—कुछ क्रियापद—उठो, बैठो, दौड़ो, आदि। सबने पढ़ा—'कुछ क्रियापद'। तीसरे दिन मैं एक डिबिया लाया। उस पर मैंने लिखा—'क्रियापदों की पेटी।' लड़कों ने पेटी खोली और उसमें से क्रियापद उठाए—नाचो, कूदो, भाग, मारो, गिरो आदि। वे पढ़ते गए और वैसी क्रिया करते गए। फिर मैंने कहा, 'देखो, अब तुम कुछ क्रियापद लिखकर लाओ' और वे कुछ क्रियापद लिख लाए।

मैंने एक दूसरा खेल निकाला। उनसे कहा, ''देखो, मैं तुममें से किसी को कुछ करने को कहूँगा। वह क्या करता है, सो तुम मुझे तख्ते पर लिखवाना। मैंने जगजीवन से कहा, दौड़ो। जगजीवन दौड़ो। मैंने पूछा, जगजीवन क्या करता है ? एक ने कहा, दौड़ता है। दूसरे से पूछा, जगजीवन कौन सी क्रिया करता है ? वह बोला, जगजीवन दौड़ता है। फिर मैंने कुछ लड़कों को दौड़ो, कूदो, लिखो, पढ़ो आदि हुक्म दिए और दूसरों से कहा कि वे क्या करते हैं, सो तख्ते पर लिख डालो। मैंने देखा कि उन्होंने सही-सही लिखा था। अलबत्ता कुछ छात्र ऐसे थे, जो समझ नहीं पाए थे, इसलिए वे लिख भी न सके। किसी ने कहीं-कहीं कुछ गलतियाँ भी की थीं।

मैंने इसी पद्धति पर आगे कहा, ''अब तुममें से जो जैसी क्रिया करे, तुम उसके लिए वैसा ही लिखो।''

मैंने जगजीवन से कहा, दौड़ो। वह दौड़ा और लड़कों ने 'दौड़ा' लिखा। इस तरह खेल चलते रहे। मैंने लड़कों को आपस में खेल खेलने और लिखने की स्वतंत्रता दे दी थी। बड़े उत्साह से वे सारा समय खेलते रहे।

इसके बाद एक दिन मैंने उन्हें बिठाया और पूछा, "जब राम दौड़ता है, तब वह दौड़ने की क्रिया करता है न?" वे बोले, "जी हाँ।" "जब श्यामसुंदर लिखता है, तब वह कौन सी क्रिया करता है?" "लिखने की।" इस तरह मैंने उनसे पूछना शुरू किया कि जब श्यामसुंदर दौड़ता है, तब वह कौन सी क्रिया करता है? और उन्होंने उसका सही जवाब दिया। इसके बाद मैंने तख्ते पर लिखा, "दौड़ते हैं, दौड़ो, बोलते हैं, बोलो, चलो, आदि ये सब क्रियापद हैं; इनमें हमें कुछ काम करना पड़ता है।"

लड़कों ने इसे पढ़ा और समझा।

साहब ने पूछा, "फिर तुमने क्या किया?"

मैंने कहा, "जी, मैंने छात्रों से कहा कि लिख लाओ, जितने क्रियापद तुम्हें याद हों, सब लिख लाओ। लड़के जुट गए लिखने में और जिसे जहाँ से क्रियावाचक शब्द मिला, उसने वहीं से उसे लिख लिया।"

साहब की उत्सुकता बढ़ी, "फिर?"

मैंने बताया, "फिर मैंने एक दूसरा खेल शुरू किया। तख्ते पर कुछ वाक्य लिखे—राम दौड़ता है। चंपक पढ़ता है, आदि। और उनसे कहा कि इनमें से क्रियापद को तो रहने दो और बाकी को मिटा डालो। लड़कों ने यह काम बिल्कुल सही-सही किया। बस, यहीं मैंने उस समय क्रियापद के पाठ को रोक दिया।"

साहब बोले, "मेरे विचार में इस रीति से उन्हें याद तो अवश्य रहता होगा। लेकिन इसमें उनका समय बहुत जाता है और उन्हें अनेक खेल खेलने पड़ते हैं।"

मैंने कहा, "खेल खेलने में ही तो उन्हें आनंद आता है। यदि थोड़ा समय बरबाद भी हो जाए, पर परिणाम अच्छा और स्थायी आए, तो बुरा है?"

साहब को आश्चर्य हुआ, "तुम सच कहते हो? खैर, अब यह बताओ कि संज्ञा सिखाने के लिए तुमने क्या किया?"

मैंने कहा, ''जी, संज्ञा सिखाने का काम भी मैंने इसी प्रकार शुरू किया था। पहले तो अपनी शैली के अनुसार मैंने संज्ञाओं की चिट्ठियाँ बनाईं। संज्ञा, संज्ञा, संज्ञा! लड़कों ने बहुत से संज्ञा-शब्द पढ़ डाले। बार-बार पढ़े। संज्ञा की सूची में विविधता भी खूब थी। और ये विविध नाम खास-खास समूहों में बाँट दिए गए थे। इससे इनका वाचन सबके लिए आनंददायक हो गया था। मुझे सब बातें इस तरह सिखानी पड़ती हैं कि विद्यार्थियों को पता भी न चले। अब वे क्रियापद और संज्ञा की चिट्ठियों में से संज्ञा को अलग करने में लगे थे। इस प्रकार दो वर्गों को अलग करने का उनका परिचय दृढ हो रहा था। एक बार मैंने उन्हें इकट्ठा करके कहा, देखो, मैं अब मँगाता हूँ। क्या मँगाता हूँ, मैं कुछ नहीं कहूँगा। बस, जो नाम वाला हो, जिस चीज का कोई नाम हो, उसे तुम ले आओ। उठा लाओ। जाकर पूछो, तेरा नाम क्या है? अगर उसका कोई नाम हो, तो उसे ले आओ।''

लड़के झट समझ गए। वे दौड़ पड़े। तख्ते से पूछा, ''तेरा नाम?'' खुद ही कहा, 'तख्ता' 'तो चलो।' और तख्ता आ गया। इसी तरह मेज आई। पत्थर, लकड़ी, धूल, कागज, किताब, पट्टी, कलम, डिबिया आदि, जो मिला, इकट्ठा होने लगा। एक लड़का तो पास की कक्षा के एक विद्यार्थी को ही उठाकर ले आया। मैंने पूछा, ''यह क्या किया?'' लानेवाले ने कहा, ''जी, इसका नाम है न?'' कोई कहने लगा, ''जी, सूरज को कैसे लाएँ?'' दूसरे ने कहा, ''जी, नीम नहीं लाया जा सकता।'' मुझे विश्वास हो गया कि ये लोग अब संज्ञा का अर्थ समझने लगे हैं।

कक्षा में यह खेल चल ही रहा था कि इसी बीच मैं संज्ञा की करतनों की पेटी ले लाया। ऊपर लिखा था—नामो की पेटी। अंदर पाँच सौ नाम थे। नाम ही नाम! लड़कों को अब आदत पड़ गई थी। पेटी खोलकर वे मुट्ठी-मुट्ठी नाम उठा ले गए और पढ़ डाले। मैंने पेटी में सब तरह के नाम रखे थे। एक ने पूछा, ''यह 'लालिमा' किस चीज का नाम है?'' मैंने पूछा, ''तो यह लालपन जो दिखाई पड़ता है, इसे तुम क्या कहोगे?'' लड़का हँसकर लौट गया। इसके बाद मैंने संज्ञा और क्रियापदों की पेटियों को मिला दिया और फिर

संज्ञाओं और क्रियापदों को छाँटने का काम उन्हें बताया। खूब रंग जमा। उस समय तक वे संज्ञा और क्रियापद का अपने मन में ठँसा हुआ भाव भलीभाँति व्यक्त कर सकते थे। इसके बाद मैंने एक दूसरा खेल बताया—क्रियापद के योग्य संज्ञा ढूँढ़ने का और संज्ञा के योग्य क्रियापद ढूँढ़ने का। उदाहरणार्थ, 'घोड़ा' शब्द लेकर हम 'दौड़ता है' या 'दौड़ा' क्रियापद ढूँढ़ सकते हैं और 'खाता है' शब्द लेकर रामचंद्र या पूनमचंद की तलाश में निकल सकते हैं। मैंने उन्हें यह सब समझा दिया और ढूँढ़े हुए शब्दों को जोड़कर रखना भी सिखा दिया। छात्रों को इसमें खूब मजा आया।

इसके बाद मैंने तख्तों पर कुछ वाक्य लिखे और छात्रों से कहा, "इनमें से संज्ञाओं और क्रियापदों को चुनो और अपनी पट्टी पर लिखो। इन वाक्यों में संज्ञाएँ दिखाओ। इनमें से संज्ञाओं को मिटा डालो और इनमें से क्रियापदों को मिटा डालो।"

मैंने फिर पूछा, "यह क्या है ? इसे क्या कहते हैं ?" और उन्होंने सब सही-सही बता दिया।

इस प्रकार उन्हें संज्ञा और क्रियापदों का पदच्छेद करना आ गया।

साहब ने कहा, "बड़ी ही अच्छी रीति है यह ! सचमुच इस तरीके से तो एक क्षण के लिए भी छात्रों को मेहनत न पड़ी होगी। हाँ, इसमें साधनों का थोड़ा खर्च जरूर होता है और तुम्हारी तरह हृदय की समझदारी भी जरूरी है।"

मैंने कहा, "साहब, लड़कों को रटाई के कष्ट से बचाने के लिए इतना खर्च भी पड़ जाए, तो कोई हानि नहीं। यह सब तो मैंने अपने निज के खर्च से किया है। पुराने पट्ठे ढूँढ़कर पेटियाँ बना ली हैं और घर में इधर-उधर बेकार पड़े हुए कागज लेकर उनकी चिट्ठियाँ तैयार कर ली हैं।"

साहब बोले, "मैं कोशिश करूँगा कि तुमने जो खर्चा किया है, वह तुम्हें मिल जाए।"

मैंने कहा, "जी, रकम वापस दिलाने के बदले यदि आप इस रीति को स्वीकार करा लें और प्रचलित करा दें, तो मेरा खर्च वसूल हो जाएगा।"

साहब ने कहा, ''अच्छा है, देखूँगा। पर यह तो कहो कि इसके बाद तुमने क्या किया?''

मैं बोला, ''जी, इसके बाद मैंने विशेषण शुरू किए। लेकिन मेरी बातों से आप ऊब तो नहीं रहे हैं न? एक तो व्याकरण जैसा रूखा विषय, और तिस पर घुमा-फिराकर बात करने की मेरी आदत!''

साहब बोले, ''नहीं, तुम कहते जाओ। मैं सारी पद्धति को विस्तार से जानना चाहता हूँ। बगैर विस्तार से समझे सारा विषय समझ में आ भी तो नहीं सकता न? अच्छा, जरा ठहरो। चाय आ गई है, इसे पीकर आगे बात करेंगे।''

वैसे तो साहब बड़े शौकीन जीव थे। ऊँचे प्रकार की चाय पीते थे। मेरे शौक को भी जानते थे। हमारे पूरे बीस मिनट चाय पीने में बीत गए। फिर तो हम जरा जोश में आए और बात आगे बढ़ी।

मैंने कहा, ''जी, अपनी आदत के अनुसार मैंने पहले लड़कों के सामने विशेषणों की चिट्ठियाँ रखीं। वे चिट्ठियाँ पढ़ने लगे। इतने में एक ने पूछा, ''जी, ये विशेषण क्या चीज है?''

मैंने कहा, ''देखो न, ये सब विशेषण ही तो हैं, बस विशेषण! वे मन-ही-मन मेरी बात का कुछ मतलब समझ रहे थे। बाद में फिर खेल शुरू हुआ। वे विशेषण, संज्ञा और क्रियापद की चिट्ठियाँ पढ़ने और अलग करने में जुट गए।

इसके बाद मैंने उन्हें एक नया खेल सुझाया, ''देखो बच्चों, मैं जो मँगाऊँ, वही तुम लेकर आओ।''

मैंने बोला, ''पेंसिल लाओ।''

एक लड़का पेंसिल लाया।

''लाल पेंसिल लाओ।''

वह लाल पेंसिल लाया।

''पीली पेंसिल लाओ।''

पीली लाया।

''पेंसिल रख जाओ।''

लड़के ने पूछा, "कौन सी?"

मैंने कहा, "लाल।"

फिर कहा, "पीली लाओ। भूरी लाओ। गुलाबी लाओ। लंबी लाओ। छोटी लाओ।"

और वे वैसी पेंसिलें लाते गए।

मैंने नया पाठ शुरू किया, "कोई एक पेंसिल उठाओ।"

एक पेंसिल उठाई गई।

"अब वह हरी पेंसिल उठाओ।"

हरी उठाई।

"अब वह पीली उठाओ।"

पीली उठाई।

"अब लंबी उठाओ।"

लंबी उठाई।

मैंने पूछा, "तुमने खास कौन सी पेंसिल उठाई है?"

"यह हरी पेंसिल उठाई है।"

"खास कौन सी ली है?"

"पीली ली है।"

"खास कौन सी ली है?"

"लंबी ली है।"

मैंने तख्ते पर लिखा, "ये खास शब्द हैं। ये विशेषण हैं, जो किसी खास चीज के सूचक हैं; उस चीज की विशेषता और अधिकता को बताते हैं।"

विद्यार्थियों ने पढ़ा और पढ़कर सोचा।

मैंने नामों की और विशेषणों की पेटियाँ निकालकर उन्हें एक खेल और बताया, "संज्ञा का विशेषण ढूँढ़ो और विशेषण की संज्ञा ढूँढ़ो।"

एक लड़के ने 'लाल' शब्द लिया और नाम की पेटी में से घोड़ा शब्द निकाला और 'लाल घोड़ा' जोड़कर रखा। विशेषण और नाम की ढेरियों में से इस प्रकार शब्दों के जोड़े बनने लगे। मैं उनके काम को देखने और कक्षा

में घूमने लगा। मैंने देखा कि उनका कोई-कोई जोड़ा गलत भी हो जाता था।

फिर तो मैंने अपनी भिन्न-भिन्न रीतियों से विद्यार्थियों की परीक्षा लेकर देखी। वे विशेषण का अर्थ मन में समझ चुके थे, इसलिए तत्काल सही-सही संज्ञा और विशेषण ढूँढ़ निकालते थे।

साहब ने कहा, ''भई, तुमने तो अनेक नए खेल खड़े कर दिए हैं। नामों, विशेषणों और क्रियापदों का छात्रों को अच्छे ढंग से परिचय भी करा दिया है। अच्छा, तो अब उन्हें इनकी परिभाषा भी सिखाओगे या नहीं?''

मैंने कहा, ''जी, परिभाषा तो सिखा ही चुका हूँ न? रही व्याकरण में दी गई परिभाषाएँ, वे तो मैं इन्हें नहीं सिखाऊँगा। परिभाषाएँ आपको परीक्षा में पूछनी भी नहीं चाहिए। हाँ, आप पदच्छेद पूछ सकते हैं।''

साहब कहा, ''मैं इस विषय की परीक्षा ही न लूँगा। मुझे तो तुम्हारी यह रीति अपनी पाठशाला भर में चलानी है। बेचारे लड़के व्याकरण रट-रटकर मरे जाते हैं।''

मैंने कहा, ''जी, व्याकरण सीखते-सीखते तो मेरी नाक में दम आ गया था और पिटाई भी खूब होती थी। जब व्याकरण के प्रश्नों का हम उत्तर न देते, तो हमारे शिक्षक हमें बुरी तरह पीटा करते थे।''

साहब बोले, ''आजकल भी तो लोग इसी तरह पीटते हैं।''

मैंने कहा, ''जी, आप इस तरीके को बंद क्यों नहीं करवा देते?''

साहब बोले, ''भई, यह तो मेरे हाथ की बात नहीं है। वैसे कुछ हद तक है भी सही। पर अभी मेरा मत···। हाँ, लेकिन हम अच्छी तरह पढ़ाएँ तो यह मारना, पीटना अपने आप ही बंद हो जाए। तुम्हीं देखो, व्याकरण सिखाते हुए तुम्हें किस-किस को सजा देनी पड़ी? अच्छा, तो अब यह बताओ कि सर्वनामों का तुमने क्या किया?''

मैंने कहा, ''जी, और करना ही क्या था? छात्रों को एक छोटा सा खेल सिखा दिया। उन्हें समझाया, ''मैं अर्थात् कौन?'' वे बोले, ''लक्ष्मीशंकरजी''। ''तो तुम अर्थात् कौन?'' श्यामसुंदर ने कहा, ''अर्थात्, मैं—श्यामसुंदर।'' मैंने पूछा, ''वह कौन है?''—''रामचंद्र।''

ऊपर के सवाल पूछ लेने के बाद मैंने तख्ते पर लिखा—

मैं—लक्ष्मीशंकर।

तुम—भीमाशंकर।

वह—धनंजय।

हम—लक्ष्मीशंकर, भीमाशंकर, श्यामसुंदर, धनंजय।

तुम—रेवाराम, लक्ष्मणसिंह, टीकमसिंह, देवीप्रसाद।

वे—उस तीसरी कक्षा वाले—मोहनसिंह, मूलचंद, लखमीचंद, रूपसिंह।

लड़कों ने पढ़ा। मैंने कहा, "ये मैं, तू ,वह, सर्वनाम कहलाते हैं।" एक ने पूछा, "जी, सर्वनाम क्या चीज है ?"

मैंने कहा, "तुम्हीं सोचो न ?"

दूसरे ने कहा, "साहब, मेरा अर्थात् लक्ष्मणसिंह का, यही मतलब है न ? और लक्ष्मीशंकरजी का अर्थात् आपका, यही न ?"

तीसरा बोला, "तेरा, मेरा, तुम्हारा, उनका, ये सभी सर्वनाम हैं या नहीं ?"

मैंने कहा, "हाँ, ये सर्वनाम ही हैं।"

चौथे लड़के ने पूछा, "लेकिन सर्वनाम का मतलब क्या होता है ?"

मैंने तख्ते पर लिखा—

राम के हाथ में पट्टी है।

राम के हाथ में कलम है।

राम ब्राह्मण है।

राम पढ़ता है।

राम रोज जल्दी आता है।

लक्ष्मीशंकर तुम्हारे शिक्षक हैं।

लक्ष्मीशंकर तुम्हें पढ़ाते हैं।

लक्ष्मीशंकर तुम्हें हवाखोरी को ले जाते हैं।

सबने इसे पढ़ा। फिर मैंने दूसरे वाक्य से 'राम' निकालकर 'उसके' लिख दिया। 'लक्ष्मीशंकर' निकालकर 'मैं' लिखा और क्रियापद में थोड़ा हेरफेर कर दिया। लड़कों ने पढ़ा और वे मतलब समझ गए।

मैंने पूछा, "बताओ, सर्वनाम किस की जगह लिखना चाहिए ?" किसी ने कहा, राम की जगह; किसी ने कहा, लक्ष्मीशंकर की जगह।

मैंने पूछा, "राम और लक्ष्मीशंकर ये नाम हैं या क्रियापद ?"

"नाम हैं।"

"तो राम और लक्ष्मीशंकर इन नामों के बदले जो शब्द आते हैं, उन्हें क्या कहेंगे ?"

"सर्वनाम!"

साहब हँस दिए। बोले, "भई, तुम शिक्षक तो पक्के मालूम होते हो! बड़े विस्तार से और बराबर लगकर हर बात का तुम वर्णन करते हो।"

मैंने कहा, "जी, अब यह आदत कैसे दूर हो सकती है ? वकील तो हूँ नहीं, जो थोड़े में समेट लूँ।"

मैंने देखा, साहब अब थक चुके थे। मेरी बातों में उन्हें मजा तो खूब आ रहा था, फिर भी मैं चुप हो गया। मैंने उठने की इजाजत चाही और उन्होंनें दे दी। साहब ने कहा, "तुम्हारी कक्षा की परीक्षा में से व्याकरण के विषय को मुक्त किया जाता है। लेकिन अभी काल और विभक्तियाँ तो बाकी हैं। जब ये हो जाएँ, तब एक बार और आकर सारी बातें बता जाना। मैं अगले साल इस संबंध में अवश्य कुछ करना चाहता हूँ।"

मैं भी थका-माँदा घर आया और सो गया।

3

छह माही परीक्षा के दिन आए। साहब स्वयं ही परीक्षा लेनेवाले थे। वे परीक्षा के शौकीन भी बहुत थे।

मैंने अपनी कक्षा की तैयारी कर रखी थी, पर अपने ही ढंग से। मैंने उनसे आज्ञा माँग ली थी कि सारी पाठशाला की परीक्षा हो चुकने पर ही मेरी कक्षा की परीक्षा ली जाए। मेरी कक्षा की परीक्षा के समय सभी शिक्षक और प्रधानाध्यापक भी उपस्थित रहें। मैंने यह भी चाहा था कि मेरी कक्षा की परीक्षा के समय हर कक्षा के पाँच-पाँच विद्यार्थी भी वहाँ मौजूद रहें।

परीक्षा के दिन मेरे मन में निश्चिंतता थी। मेरा कलेजे में घबराहट न थी! मन में पास-फेल की दुविधा न थी। मेरे अनुभव के अनुसार तो चिंता का कोई कारण ही न था। विद्यार्थियों से कह ही रखा था कि हम प्रतिदिन जो कुछ करते हैं, वही आज भी कहना है। परीक्षा में तो सब पास ही हैं। आज तो हमारा काम देखने के लिए सब लोगों को बुलाया भर है।

अपनी नाटकीय शैली के अनुसार मैंने सारी व्यवस्था परदे की ओट में ही की थी। अगले भाग में सबको बिठाने के बाद मैंने परदा उठाया।

मंच पर दूसरी कक्षाओं के लड़कों की कुछ टुकड़ियाँ बिठाई गई थीं। हर एक टुकड़ी को मेरी कक्षा का विद्यार्थी कहानी सुना रहा था। कहानी कहने का काम बारी-बारी से चला। हर एक विद्यार्थी ने अपनी कहानी आप ही पसंद की थी। भूल जाने पर देख लेने के लिए किताब पास में रखी थी। वह अपने ढंग से अपनी कहानी विद्यार्थियों को सुनाता था और सुनने वालों के साथ वह भी कहानी का आनंद लूट रहा था। निश्चय ही वह कहानी कहना जानता था। हाव-भाव से और अर्थ समझकर वह अपनी कहानी कह रहा था। कहानियाँ पूरी हुईं। सब शिक्षक एक-दूसरे के सामने देखने लगे। मैंने कहा, ‘‘यह है, मेरी एक परीक्षा।’’

एक शिक्षा ने दूसरे शिक्षक के कान में कहा, ‘‘किस बात की?’’

मैंने सुना और कहा, ‘‘भाषा पर काबू की, वार्त्ता-कथन की, रुचि की, स्मृति-विकास की और अभिनय की।’’

सब शिक्षक दूसरी परीक्षा की प्रतीक्षा करने लगे।

फिर परदा उठा। सब छात्र गोलाकार बैठे थे। सामने तख्ते पर लिखा था—अंत्याक्षरी का खेल।

एक ने कविता पढ़ी। दूसरे ने उसके अंतिम अक्षर से शुरू होनेवाली दूसरी कविता पढ़ी। इस प्रकार सारा चक्र पूरा हो गया। फिर वही अंत्याक्षरी शुरू हुई।

साहब ने पूछा, ‘‘इन्हें आमने-सामने क्यों नहीं बैठाया? इसमें दलों की आवश्यकता है न?’’

मैंने पूछा, ‘‘जी, नहीं। मैंने इस प्रथा को छोड़ दिया है। इससें हार-जीत

का भाव पैदा होता है। हार-जीत से स्पर्धा और स्पर्धा से ईर्ष्या पैदा होती है। जब कि इस रीति में एक छात्र को याद न होने पर उसके बाद वाला छात्र पढ़ना शुरू कर देता है और काम आगे बढ़ता जाता है। एक बार कभी याद न भी रहा, तो दूसरी बार उसे याद आ जाता है''

साहब ने अपनी दाढ़ी खुजलाई और आँखें मिचमिचाईं।

लड़कों को मैंने बैठाया तो था कुछ देर खेलने के लिए, लेकिन उन्हें तो इतना मजा आ रहा था कि घंटी बजने पर भी उठने का मन नहीं होता था। मैंने उन्हें कुछ मिनट और दिए। परदा गिराया।

परदे के बाहर आकर मैंने कहा, ''सज्जनो! आपने देखा होगा कि इन छात्रों को पाठ्यपुस्तक की कितनी काव्य पंक्तियाँ भली-भाँति याद हैं। कविता के वर्ग में मैं इन्हें प्रतिदिन यही खेल खेलाता हूँ।''

साहब ने कहा, ''Hear-hear : सुनिए! सुनिए!''

फिर परदा उठा, गोलाकार बैठे सब छात्र पहेलियाँ बूझ-बुझा रहे थे। उनमें खूब उत्साह था!

साहब ने कहा, ''ओहो! ये तो पहेलियाँ हैं! मैंने बचपन में सुनी थीं; लेकिन पाठ्यक्रम में ये नहीं हैं?''

मैंने कहा, ''जी पाठ्यक्रम में भाषा-शिक्षण तो है न? और पाठ्यक्रम के मूल में छात्रों की जिज्ञासा की, उनके विकास की और ज्ञान की वृद्धि का आशय तो रहा ही है। मेरे सभी छात्र इस खेल पर मुग्ध हैं, पागल हैं। बहुत सी पहेलियाँ इन्हें याद हैं! और हर पहेली का अपना कितना महत्त्व है? इस समय ये पाठ्यक्रम में नहीं हैं। फिर भी मैंने तो इन्हें स्थान दिया है। आशा है, अगले साल आप भी इन्हें पाठ्यकम में स्थान दीजिएगा।''

इसके बाद हमने शब्दों का खेल शुरू किया। एक शब्द बोलने पर उसके अंतिम अक्षर से शुरू होने वाला दूसरा शब्द बोला जाता और उसके अंतिम अक्षर से तीसरा। यह खेल वैसे तो आसान था, लेकिन जब यह मालूम हुआ कि किसी एक विद्यार्थी ने गाँवों के, किसी ने नदियों के, किसी ने पहाड़ों के, किसी ने मुसलमानों के, किसी ने हिंदुओं के, किसी ने जातियों के, किसी ने

ब्राह्मणों के, और किसी ने बनियों के, ऐसे ही नाम अपने-अपने लिए बोलने को चुन रखे हैं, तब तो सबको यह खेल और भी अनूठा प्रतीत हुआ।

मैंने अपने शिक्षक भाइयों से कहा, ''इस खेल के निमित्त अधिक-से-अधिक शब्द इकट्ठा करने के लिए मैं अपने विद्यार्थियों से कहता हूँ कि तुम नक्शों और शब्दकोश जैसी पुस्तकों पर नजर डालते रहा करो। इससे बहुतेरे शब्द तुम्हारी जबान पर चढ़ जाएँगे। अब बहुधा छात्र खेल खेलने के बदले तरह-तरह के शब्द, भिन्न-भिन्न वर्ग के शब्द इकट्ठा करने में ही अपना बहुत सा समय बिता देते हैं। वे एक-दूसरे को शब्दों की याद भी करा देते हैं और कोई-कोई तो शब्द लिख भी लेते हैं।

साहब बोले, ''भई, इस खेल की शैली में तो एक महान् तत्त्व मालूम पड़ता है। इस प्रकार के सब खेल बुद्धि-शक्ति और साधारण ज्ञान की वृद्धि के विचार से सब कक्षाओं में अवश्य शुरू किए जाने चाहिए।''

मेरी ओर विशेष दृष्टि से देखकर उन्होंने कहा, ''तुम भी काम की नई-नई बातें खोज निकालते हो।''

एक शिक्षक ने दूसरे शिक्षक से इस तरह कहा कि साहब सुन न सकें, ''इसी के लिए तो लक्ष्मीशंकर यहाँ आया है। उसे पढ़ाना थोड़े ही है? वह तो मौज करता है, मौज! हमारा तो पढ़ाते-पढ़ाते सिर पक जाता है। इधर उसके कार्यक्रम में तो सिवाय खेल के कुछ है ही नहीं!''

दूसरे शिक्षक ने कहा, ''भैया, अब पुरानी पढ़ाई के बाद इस नई पढ़ाई का जमाना आया है। अब वे दिन तो गए कि कड़ाकड़ पाठ बोलना और ग्रंथ रटना और विद्या पाठ। अब तो पढ़ने के बदले यह खेल-कूद रह गया है और आगे चलकर न जाने क्या-क्या होगा? अब किसी का मन पढ़ने में तो है ही नहीं। खेल खेलाएँ तो सबको भले मालूम हों।''

मेरा ध्यान अपने विद्यार्थियों का काम दिखाने में था। इस कारण मैं उनकी यह बातचीत सुन नहीं सका। बाद में किसी ने मुझे यह बात बताई थी। अस्तु।

मैंने सीटी बजाई और सब लड़के हाथ में झाड़ू लेकर कतार बाँधे खड़े हो गए। मैंने झाड़ू के साथ उनसे कसरत करवाई; फिर उन्हें चारों ओर बुहार

डालने का हुक्म दिया। वे सारी पाठशाला में फैल गए। जहाँ कचरा देखा, वहीं उन्होंने झाड़ू लगाई और जो कूड़ा-कचरा इकट्ठा हुआ, उसे एक टोकनी में भरकर हमारे सामने हाजिर किया।

अधिकारी महोदय और शिक्षकगण अचंभे में आकर यह सब देख रहे थे। मेरी कक्षा के विद्यार्थियों की यह भी एक परीक्षा थी।

साहब ने पूछा, ''झाड़ू के साथ कवायद क्यों करवाई? कुछ समझ में नहीं आया।''

मैंने कहा, ''जी, आजकल हमारे देश में गंदगी का बोलबाला है। गंदगी हमारा एक राष्ट्रीय कलंक है। जब तक इसका साम्राज्य है, हमारी दुर्दशा का अंत नहीं होगा। इसीलिए इसके खिलाफ मैंने पहला मोर्चा खोला है। हमें अपनी गंदगी दूर करने के लिए नियमानुसार लड़ाई छेड़नी पड़ेगी। झाड़ू की यह कवायद तो मात्र संकेत-रूप है। इन लड़कों का पहला सबक यह झाड़ू-कवायद ही है। जब तक हमारा कमरा भलीभाँति साफ नहीं होता, हम कक्षा में दूसरा काम नहीं करते। अब तो इन लड़कों को भी गंदगी बिल्कुल नहीं सुहाती।''

बात चल ही रही थी कि इतने में लड़के हाथ, पैर, मुँह आदि धोकर आए और मैंने दूसरी सीटी बजाई।

साहब बोले, ''तुम्हारा यह प्रयोग तो कुछ अजब ही है। चौथी कक्षा को पढ़ाई का प्रयोग करते-करते ऐसी और क्या-क्या बातें की हैं तुमने?''

मैंने कहा, ''जी, मेरे प्रयोग में इन सब बातों को स्थान है। चौथे दर्जे की पढ़ाई पढ़ाने से पहले मुझे इन्हें पहले दर्जे की पढ़ाई पढ़ानी चाहिए न?''

लड़के दौड़कर बाहर चले गए थे और पाठशाला के आस-पास के पेड़ों पर चढ़ गए थे। मैंने दूसरी सीटी बजाई और वे कूद-कूदकर नीचे आए। तीसरी सीटी पर वे फिर ऊपर चढ़े और चौथी पर उतर आए।

प्रधानाध्यापक बोले, ''भई, यह पढ़ाई भी अजीब ही है। यह तो बगैर पढ़ाए भी आ जाता है। इसमें पढ़ाई क्या है?''

मैंने कहा, "जी, आजकल बगैर सिखाए ये बातें भी नहीं आतीं और हम ऐसी बातें छात्रों को सीखने भी नहीं देते?"

प्रधानाध्यापक बोले, "नहीं, यह सच नहीं है।"

मैंने कहा, "तो अपनी पाठशाला के ये दूसरे लड़के खड़े हैं। पूछ लीजिए, इनमें से कितने इस प्रकार चढ़ और कूद सकते हैं?" बस, साहब ने उन सब लड़कों को पेड़ों पर चढ़ने का हुक्म दिया, लेकिन मुश्किल से दो-तीन ही चढ़ सके।

मैंने कहा, "साहब, इन लोगों को इस प्रकार की बहुत-कुछ तालीम मैंने दी है। ये तमाम बातें मेरी शिक्षा और मेरे प्रयोग के विषय हैं।" फिर जरा हँसकर मैं बोला, "साहब, परीक्षा-पत्र में इन खेलों के नाम हैं। इनके नंबर आपको देने होंगे।"

साहब ने विनोद ही में उत्तर दिया, "अच्छा, अच्छा! तुम भी मुझसे नंबर माँगोगे?"

मैंने तीसरी सीटी बजाई और लड़के पाठशाला की आलमारी में से लट्टू और डोरियाँ ले आए और अपने-अपने लट्टू घुमाने लगे। गली के बिगड़ैल लड़कों की तरह नहीं—बिना शोरगुल और रार-तकरार किए वे खेल रहे थे। वे एकाग्र थे और किसी प्रकार की भगदड़ या गड़बड़ उनसे न होती थी। खेलने के लिए निश्चित स्थान था और उन सबका एक मुखिया था। हम सब बचपन में लट्टू खेला करते थे; इसलिए हममें से हर एक को इस खेल में आनंद आ रहा था।

साहब ने कहा, "भई, उन्हें लट्टू खेलना तुमने कब सिखाया? ये तो बड़ी व्यवस्था और नियम के साथ खेल रहे हैं!"

मैंने कहा, "साहब, हमारी सीखने-सिखाने की जगह तो नदी का किनारा है। जब हवाखोरी करने जाते हैं, तो वहाँ ऐसे-ऐसे अनेक काम किया करते हैं। हमें खेल-खेल में न जाने क्या-क्या करना आ जाता है।"

साहब ने अंग्रेजी में कहा, "तुम सच कहते हो, अभी-अभी मैंने पढ़ा है कि बालक खेल द्वारा बहुत-कुछ सीख लेते हैं। (प्रधानाध्यापक की ओर देखकर) अब अपनी पाठशाला में आप यह सब शुरू कीजिएगा न?"

प्रधानाध्यापक बोले, ''लेकिन साहब, यदि हम यह सब करने लगें, तो पाठ्यक्रम किस तरह पूरा होगा? इन भाई के सिर जिम्मेदारी तो है नहीं, एक साल तक जैसा पढ़ा सकेंगे, पढ़ाएँगे और नहीं तो कह देंगे कि यह तो प्रयोग था—जितना हुआ, किया; बाकी न हो सका, न किया; लड़के न कर सकें। और आप भी कहेंगे कि प्रयोग में तो जितना सिद्ध हो जाए, वही गनीमत है। हम तो पाठ्यक्रम की जंजीर से बँधे हुए हैं। आप ही तो ऊपर से लिख भेजते हैं कि काम पूरा क्यों नहीं हुआ? परिणाम ठीक क्यों नहीं आया? पाठ्यक्रम पूरा क्यों नहीं किया गया?''

साहब तनिक हँसे। मन में कुछ खीझे भी। लेकिन खामोश रह गए।

मैंने सीटी बजाई और लड़कों ने अपने कुरते निकाल डाले। वे कतार बाँधे खड़े हो गए। सब तनकर खड़े थे। ठीक और व्यवस्थित खड़े थे। सब साफ-सुथरे थे। ब्राह्मण की जनेऊ मैली न थी। हाथ, मुँह, बाल, सब बराबर साफ और सुथरे थे। किसी की आँखों में कीच नहीं थी। टोपियाँ धुली हुई थीं।

साहब ने जरा हँसकर कहा, ''यह तैयारी कितने दिनों की है? सफाई आदि की यह तैयारी कराने में खूब मेहनत करनी पड़ी होगी!''

मैंने कहा, ''साहब, छह महीनों से तैयारी चल रही है। छह महीनों से मेहनत कर रहा हूँ। आपसे कौन बात छिपी है?''

मैंने दूसरी सीटी बजाई। लड़के कपड़े पहनकर खुश होते हुए कतार में खड़े हो गए और नमस्कार करके चले गए।

प्रधानाध्यापक ने जरा कटाक्षपूर्वक कहा, ''क्या परीक्षा खत्म हो गई?''

मैंने कहा, ''जी, अभी बाकी है। आप सब उस कमरे में पधारिए।''

प्रधानाध्यापक बोले, ''हाँ, हाँ! आपने कुछ दिन हुए वह कमरा हम से किसी उपयोग के लिए माँग लिया था। आप हममें से किसी को अंदर नहीं जाने देते थे। कुछ इकट्ठा करा रहे थे न?''

मैंने कहा, ''पहले आप पधारिए तो!''

हम सब कमरे में आए।

साहब बोले, ''ओहो! यह तो एक संग्रहालय जैसा है!''

प्रधानाध्यापक भी बोले, ''मैं भी यही सोचता था। लड़के चीजें लाने और रखने में बड़े मशगूल रहा करते थे।''

मैंने कहा, ''जी, लड़कों ने बड़े उत्साह से यह काम किया है। मैंने उन्हें कह रखा था कि तुम्हें जिस तरह सजाना हो, उसी तरह सजाना। मैं तुम्हें थोड़ी भी सलाह न दूँगा।''

साहब ने पूछा, ''क्या यह सारी सजावट और रचना विद्यार्थियों ने ही की है?''

मैंने कहा, ''जी हाँ।''

साहब ने प्रश्न किया, ''लेकिन यह कैसे संभव है? सजावट तो बहुत ही कलापूर्ण है!''

मैं चुप रहा। मेरे काम का परिणाम अब तो स्पष्ट ही अपना कमाल दिखा रहा था।

साहब ने कहा, ''ये तमाम चीजें कैसे और कहाँ से इकट्ठा कीं? छात्रों को प्रकृति का परिचय कराने के लिए ये सब तो बहुत ही उपयोगी हैं।''

प्रधानाध्यापक बोले, ''साहब, ये प्रायः लड़कों को यात्रा के लिए ले जाते हैं। वहीं से ये सब लाए होंगे!''

साहब ने कहा, ''यह तो बड़ा जबरदस्त काम हो गया! अब इस संग्रह को तोड़िएगा मत। यह सारी पाठशाला के लिए हमें उपयोगी लगता है। हम शिक्षकों से कहेंगे कि वे इस संग्रह को बढ़ाकर और भी बड़ा बनाएँ।

प्रधानाध्यापक मन में गुनगुनाए, ''और फिर पढ़ाएँगे कब?''

लड़कों ने संग्रहालय की एक सूची तैयार की थी। साहब उसे पढ़कर बहुत खुश हुए। कहने लगे, ''ये लड़के तो इनाम के हकदार हैं।''

मैंने कहा, ''जी, इस संग्रह को तैयार करने का आनंद ही इनका ईनाम है। यह पूरा संग्रहालय ही इनका ईनाम है।''

साहब ने आग्रह किया, ''तो भी...।''

मैं कुछ न बोला।

कमरे के एक कोने में मिट्टी के कुछ खिलौने रखे थे।

साहब ने पूछा, ''ये किसने बनाए हैं ?''

मैंने कहा, ''जी, लड़कों ने! इस कमरे में यहाँ से वहाँ तक मेरा कुछ भी नहीं है।''

साहब बोले, ''लेकिन इन्होंने इतने सारे खिलौने किस दिन बनाए और कहाँ पकाए होंगे ?''

मैंने बताया, ''जी, ये नदी-किनारे हर हफ्ते बनाया करते थे और वहीं आवाँ बनाकर इन्होंने पका भी लिये।''

साहब बोले, ''वाह! भई, तुम्हारा दिमाग कुछ अजब ही जान पड़ता है। तुम्हारे ये प्रयोग अद्भुत हैं। जब तुम्हें कुछ भी साधन नहीं मिलते, तो नदी-किनारे दौड़ जाते हो। खेत की मिट्टी का गारा बनाते हो, और शाबाश···अब मुझे··· ।''

मैंने उन्हें आगे बोलने का मौका ही नहीं दिया। मैं बीच ही में बोल उठा, ''अब आप इस कमरे में आराम से कुछ देर बैठिए। मैं इनका कुछ दूसरा काम भी आपको दिखाऊँगा।'' सब लोग यथास्थान बैठ गए।

प्रधानाध्यापक ने कुछ सोचते-सोचते कहा, ''साहब, यह सब हम भी तो कर सकते हैं, लेकिन फिर छात्रों को पढ़ाएँगे कब ?''

इतने में मैं गत्ते के कुछ टुकड़े ले आया। एक गत्ते पर लड़कों के उस समय के अक्षरों के नमूने थे, जब मैंने पढ़ाई शुरू की थी। दूसरे पर कल के ताजा अक्षरों के नमूने थे। गत्ते पर लिखा था, ''अक्षर-प्रगति-सूचक-पत्रिका।''

सबको अक्षरों की यह प्रगति अच्छी लगी।

पर एक शिक्षक ने दूसरे के कान में कहा, ''अरे, ये तो खास-खास लड़कों से धीरे-धीरे जमवाकर लिखवा लिये होंगे।''

मुझे उन शिक्षक का यह मंद विचार खटका; पर मैंने उस ओर ध्यान नहीं दिया। मुझे तो उनका यह विचार बहुत ही तुच्छ मालूम हुआ।

साहब ने पूछा, ''भई, तुमने यह परिवर्तन और यह सुधार किस प्रकार किया ?''

मैंने बताया, ''जी, भिन्न-भिन्न उपायों से।''

साहब बोले, "तुम्हारे उन उपायों को पाठशाला में लागू किया जाए तो कैसा रहे ?"

मैं बोला, "हो सकते हैं, जरूर हो सकते हैं। मैं आपको ऐसा करके दिखा सकूँगा।"

फिर मैं एक दूसरी पुस्तक लाया। उसमें पिछले छह महीनों में विद्यार्थियों ने कुल जितनी पुस्तकें पढ़ी थीं, उनकी सूची थी। पुस्तक के हर एक पन्ने पर विद्यार्थी का नाम था। विद्यार्थी ने स्वयं पुस्तक पढ़ने के बाद पुस्तक का नाम अपने हाथों उसमें लिख दिया था।

इस पर से मैंने अंतिम पृष्ठ पर कुछ आँकड़े तैयार किए थे। कितने विद्यार्थियों ने कुल कितनी पुस्तकें पढ़ीं; औसतन प्रति विद्यार्थी कितनी पुस्तकें पढ़ी गईं; सबसे अधिक पुस्तकें किसने पढ़ीं और सबसे कम किसने, आदि। किताबों की दृष्टि से भी यह नोट किया था कि कौन सी किताब अधिक पढ़ी गई और कौन सी कम। पढ़ी हुई किताबों का वर्गीकरण करके बताया था कि कक्षा के छात्रों ने किस विषय की पुस्तकें अधिक दिलचस्पी के साथ पढ़ी थीं।

साहब ने वह सूची देखी और उन्हें आश्चर्य हुआ, "इतनी पुस्तकें पढ़ी गईं! और इतने-इतने विषयों की! ये कब-कैसे पढ़ी होंगी ?"

मैंने बताया, "जी हाँ! इतनी पुस्तकें पढ़ी गई हैं और सो भी मेरी आँखों के सामने ?"

साहब ने पूछा, "प्रधानाध्यापकजी! आपकी सातवीं कक्षा के विद्यार्थियों ने इन छह महीनों में कितनी पुस्तकें पढ़ी होंगी ?"

प्रधानाध्यापकजी बोले, "साहब, पढ़ें कैसे ? वे दूसरी पुस्तकें पढ़ने बैठें तो इतिहास, भूगोल, रेखागणित आदि का क्या हो ? ये सब कब याद किए जाएँ ?"

साहब बोले नहीं, लेकिन कुछ सोच जरूर रहे थे। मेरी ओर देखकर कहने लगे, "तुम्हारे छात्र भाषा में बिना परीक्षा ही पास किए जाते हैं। कहो, अब और क्या बाकी है ?"

मैंने विद्यार्थियों का एक हस्तलिखित मासिक पत्र उनके सामने पेश किया।

साहब ने पूछा, "ये सब लेख इन छात्रों के ही हैं?"

मैंने हामी भरी, "जी हाँ!"

साहब बोले, "ये एक-दो कविताएँ हैं, सो भी?"

मैंने बताया, "जी हाँ! अभी-अभी मेरे कुछ छात्र कविता लिखने की कोशिश लगे हैं।"

साहब पूछ बैठे, "लेकिन उनकी कविता को तुम सुधारते भी हो या नहीं?"

मैंने कहा, "नहीं, अभी तक तो ऐसा नहीं किया है। जैसी लिखी हैं, वैसी ही प्रकाशित कर दी गई हैं।"

साहब ने सवाल किया, "और लड़के यह सब अपनी इच्छा से लिखते हैं या कहीं से उद्धृत करते हैं या तुम इन्हें बतलाते हो?"

मैं चौंका, "उद्धृत करने से मतलब? मैं तो उन्हें कहता हूँ कि जो चाहो, लिखो। जो सूझे, लिखो। सब लिखा जा सकता है, और जो लिखो, प्रकाशित करो। उन्हें सबके लेख पसंद आते हैं और मैं सब प्रकाशित भी कर देता हूँ।"

साहब ने पूछा, "यह अंक तो खासतौर पर छह माही परीक्षा के लिए तैयार कराया होगा?"

मैं बोला, "जी नहीं, पिछले तीन महीनों से हर महीने यह काम होता है। हाँ, इस अंक को छह माही परीक्षा में रखा जरूर है; लेकिन यह खास परीक्षा के लिए तैयार नहीं किया गया था।"

साहब ने प्रसन्नतापूर्वक सिर हिलाया और कहा, "बहुत ही अच्छा काम है।" मेरी तरफ देखकर बोले, "भई, तुमने तो विलक्षण काम करके दिखला दिए! छह महीनों में कहाँ-से-कहाँ पहुँच गए!"

प्रधानाध्यापक ने धीरे से कहा, "अब गणित, भूगोल और इतिहास की परीक्षा कब होगी? हम सब दोपहर को तैयार रहें?"

शायद प्रधानाध्यापक यह कहकर मुझ पर कटाक्ष करना चाहते थे। क्योंकि मैंने अभी गणित और भूगोल में कुछ भी नहीं किया है—प्रधानाध्यापकजी को इसका पता चल गया था। मैंने कहा, "जी, भूगोल और गणित में मैं अभी

कुछ नहीं कर सका हूँ; लेकिन बारहवें महीने तक यह काम भी करके दिखा दूँगा। इतिहास में कुछ थोड़ा काम जरूर हुआ है।''

प्रधानाध्यापक बोले, ''ओहो! तो यह कहिए न कि अभी बड़े-बड़े विषय तो रह ही गए हैं!''

साहब तुरंत बोले, ''प्रधानाध्यापकजी! वे तो आपकी दृष्टि से रहे हैं; इन महाशय की दृष्टि से नहीं। आपके विचार में तो इतिहास, भूगोल, गणित और पहाड़ों में ही सारी पढ़ाई समा जाती है। क्यों साहब, ठीक कह रहा हूँ न?''

साहब को जरा मौज में देखकर प्रधानाध्यापक ने अपने जवाब में कहा, ''लेकिन साहब, आपकी दृष्टि भी तो ऐसी ही है। आप भी इन्हीं विषयों में हमसे अच्छे परिणाम चाहते हैं।''

सब परस्पर विनोद करते हुए उठ खड़े हुए। मेरी कक्षा की छहमाही परीक्षा पूरी हुई। जाते समय साहब ने मुझसे कहा, ''तुम्हारा परीक्षा-पत्र कहाँ है?''

मैं बोला, ''जी, वह तो तैयार ही नहीं किया गया।''

साहब बोले, ''अच्छा, तो चलो, तुम्हारी कक्षा परीक्षा से मुक्त की जाती है।''

❑

चौथा खंड

अंतिम सम्मेलन

1

छह माही परीक्षा समाप्त हो चुकी थी। अपनी पाठशाला के शिक्षक भाइयों के साथ बैठा एक दिन मैं बातचीत कर रहा था कि चंद्रशंकर ने कहा, ''सच कहता हूँ, मुझे तो आप एक अजीब आदमी मालूम पड़ते हैं। मैं मानता हूँ कि आपका प्रयोग सफल हुआ है। हमें विश्वास न होता था कि प्राथमिक शाला की पढ़ाई में भी कुछ अच्छे परिवर्तन किए जा सकते हैं।''

भद्रशंकर बोले, ''भई, यह तो अंग्रेजी पढ़े-लिखे हैं न? अंग्रेजी किताबें पढ़ते हैं और नए-नए प्रयोग करते हैं।''

चंपकलाल ने कहा, ''सो तो करते ही हैं; लेकिन सब ऐसा नहीं कर सकते। इन्हें न रुपए-पैसों की चिंता है, न परिणाम की परवाह। प्रयोग असफल भी रहें, तो इन्हें कौन सजा भुगतनी पड़ती है?''

वेणीलाल कहने लगे, ''भैया, प्रयोग करें कैसे? फुरसत तो मिलती ही नहीं। इतनी सारी बातें सोचने और यह सब तैयारी करने के लिए समय किसके पास है? हम करें भी तो क्या? ट्यूशन हमें करनी पड़ती है, शाम को रोज बड़े साहब के घर हाजिरी हमें देनी पड़ती है, घर के बाल-बच्चों की हिफाजत और जात-जमात में शिरकत हमें करनी पड़ती है। इतना सब करने के बाद कंबख्त वक्त ही कहाँ रहता है कि कुछ करें? ये तो अकेले हैं; फक्कड़ हैं; ये ही ऐसा कर सकते हैं।''

अंत में मैंने कहा, ''भाइयो! हम अपनी प्राथमिक पाठशालाओं में इससे भी अधिक अच्छे काम कर सकते हैं; इतना काम कर सकते हैं कि वर्तमान

प्राथमिक शिक्षा का रूप ही बदल जाए; काया पलट हो जाए। लेकिन बात यह है कि इसके लिए काम करने वालों की जरूरत है। दुनिया की जो सूरत आज है, वह पहले नहीं थी—सूरत बदलने का यह काम मनुष्यों ही ने तो किया है? आवश्यकता है लगन की, पक्के आत्मविश्वास की, अडिग एक निष्ठा की। यह जरूरी नहीं है कि अंग्रेजी पढ़े-लिखे ही अच्छे प्रयोग कर सकें। यह तो थोथी बात है। जब आदमी कुछ करना नहीं चाहता, तब ऐसे ही बहाने बनाता है। सच्ची बात तो दिल की लगन है, वह लगन, जो किसी चीज के लिए तड़पने वाली हमारी आत्मा से हमें प्राप्त होती है। और चंपकलालजी! परिणाम की चिंता तो प्रयोग करनेवाले को जितनी होती है, उतनी दूसरों को कभी हो ही नहीं सकती। आप वेतन-वृद्धि की इच्छा से अच्छे परिणाम की चेष्टा करते हैं और मैं प्रयोग के लिए प्रयोग करता हूँ, जिससे मेरा उद्देश्य सिद्ध हो और कार्यक्षेत्र व्यापक बने। मुझे चिंता रहती है कि कहीं मेरी असफलता मेरे बाद के प्रयोग-कर्ताओं के लिए बाधक न बन जाए! और भाई वेणीलालजी! जात-जमात में जाने-आने और गप्पें हाँकने के लिए कोई फुरसत चाहता भी है? यह भी कोई काम में काम है? और बड़े साहब के घर रोज-रोज जाने की जरूरत ही क्या है? आप अच्छा काम करके दिखाइए। वे अपने आप खुश हो जाएँगे। खुशामद से कोई खुश होता है? खुशामद तो वे करते हैं, जो काम करना नहीं जानते। यदि पाठशालाओं में हम अपने छात्रों को अच्छी तरह पढ़ाएँ, तो किसी को ट्यूशन की जरूरत ही क्यों रहे? हम नहीं पढ़ाते, इसी से तो बच्चों को ट्यूशन की जरूरत पड़ती है।''

शिवशंकर बात काटते हुए बोले, ''लेकिन भाई, जिन्हें वेतन ही कम मिलता है, उनका क्या? आप तो मुँह-माँगा वेतन पाते हैं और हमारा तो गुजारा भी नहीं हो पाता।''

मैंने कहा, ''आप ज्यादा वेतन माँगिए, आपको मिलेगा।'' विश्वनाथ ने कहा, ''जी हाँ, वेतन तो नहीं मिलेगा, नौकरी से निकाल दिए जाएँगे।''

मैंने कहा, ''यदि सब शिक्षक मिलकर अधिक वेतन की माँग पेश करें, तो देखें कि कितनों को निकाला जाता है। और मैं तो यह कहता हूँ कि निकाले

जाने से पहले आप ही अलग क्यों नहीं हो जाते? आप लोग जरा लापरवाह (अनासक्त) रहना सीखिए। मेरी सफलता का एक कारण यह भी है कि मैं लापरवाह रहता हूँ।''

भद्रशंकर ने कहा, ''और फिर पेट-पूजा किस तरह होगी?''

मैं बोला, ''पेट-पूजा? जिसने दाँत दिए हैं, वह अन्न भी देता है। हममें थोड़ी हिम्मत चाहिए। धंधों की कौन-सी कमी है? मैं तो झाड़ू लगाकर भी पेट भरना पसंद करूँगा, आपकी तरह आधा पेट रहना मुझसे सहन न होगा। आप लोगों के वेतन भी कोई वेतन हैं?''

विश्वनाथ बोले, ''अजी साहब, एक जगह खाली होती है, तो एक सौ उस पर टूट पड़ते। आपको कुछ पता भी है?''

मैंने कहा, ''हम उन टूट पड़नेवालों का विरोध करें। हम उन्हें अपना 'चार्ज' देंगे, तभी न वे काम कर सकेंगे? और हम नए आदमियों को अपना 'चार्ज' लेने भी क्यों देंगे? हम पाठशाला के चारों ओर चौबीसों घंटे पहरा दे सकते हैं, पर जिस गड्ढे में हम पड़े हुए हैं, उसमें दूसरों को कैसे गिरने दे सकते हैं? उनके पैरों पड़कर हम तो उन्हें समझाएँगे कि महाशय, आप लौट जाइए, कोई दूसरा धंधा ढूँढ़ लीजिए। इस मरभुक्खे धंधे में न फँसिए, इस खुशामद-खाने में न आइए, इस 'एहदी-खाने' से दूर ही रहिए!'

फिर तो घंटों तरह-तरह की चर्चा होती रही। आज मैंने देखा कि मेरे साथी शिक्षकों में कुछ नया उत्साह सा भर गया था। मैंने सोचा, चलो पुराने ढर्रे की गुलामी की जड़ें कुछ तो ढीली हुईं!

2

अब मैं भूगोल सिखाने का विचार करने लगा। मैंने भूगोल की पाठ्यपुस्तक देखी और निराशा से एक ओर रख दी। पाठ्यक्रम पढ़कर मन को कुछ ठेस सी लगी। लड़कों को नदियों और पहाड़ों के नाम व्यर्थ क्यों रटाए जाएँ? खुद मुझे भी ये सब कहाँ याद हैं? कल स्वयं डिप्टी डायरेक्टर महोदय भी नक्शे में ऑस्ट्रेलिया का रास्ता ढूँढ़ रहे थे। बचपन में रटा हुआ भूगोल किसे

याद रहता है ? मैंने सोचा, यह भूगोल मैं पढ़ाऊँ ही नहीं तो ? खुद मुझे भी सच्चा भूगोल तो तभी समझ में आया, जब मैं अफ्रीका गया था। उसके बाद ही मेरी भौगोलिक आँख खुली। आज मुझे भूगोल से बहुत ही दिलचस्पी है। भूगोल मुझे अत्यंत उपयोगी मालूम होता है। लेकिन इन विद्यार्थियों को यह सब अभी से क्यों समझाऊँ और क्यों पढ़ाऊँ ? इस पाठ्यक्रम के अनुसार तो मैं चल ही नहीं सकता। यह पाठ्यपुस्तक देखकर तो मुझे हँसी आती है। तो क्या डायरेक्टर साहब से मिलूँ ? मेरी अपनी पद्धति से विद्यार्थियों में भौगोलिक रुचि और दृष्टि उत्पन्न करने की अनुमति उनसे ले लूँ ?

मैं डिप्टी डायरेक्टर साहब के पास गया।

साहब ने पूछा, ''कहिए, आज कैसे आना हुआ ?''

मैंने कहा, ''जी, पाठ्यक्रम से भूगोल का विषय हटा ही क्यों न दिया जाए ?''

साहब बोले, ''यह तो नहीं हो सकता। पाठ्यक्रम में भूगोल बहुत ही महत्त्व का विषय है। इतिहास की अपेक्षा भी आज भूगोल काम की वस्तु है। हमारे प्रयोग में विषय छोड़ देने की बात नहीं है। अच्छी तरह विषय पढ़ा देने की बात है। तुम चाहे जिस पद्धति से पढ़ाओ, लेकिन दूसरे शिक्षकों को यह विश्वास करा दो कि भूगोल एक सरल विषय है और अच्छी तरह पढ़ाया जा सकता है। मेरे लिए तुम्हारे प्रयोग का महत्त्व इसी बात में है।''

डायरेक्टर सहब ने बड़ी कुशलता से मेरा मुँह बंद कर दिया। फिर भी मैंने कहा, ''जी, पर यह पाठ्यपुस्तक और पाठ्यक्रम तो मैं नहीं स्वीकार करूँगा। मैं अपने ढंग से भूगोल सिखाऊँगा। आशा है, आपको उससे निराशा न होगी।''

साहब ने कहा, ''मैं भी यही चाहता हूँ।''

कुछ देर बाद उन्होंने एक दूसरा प्रश्न पूछा, ''लक्ष्मीशंकर ! तुम्हारा क्या खयाल है, इन परीक्षाओं के संबंध में तुम क्या सोचते हो ? नवीन शिक्षण के हिमायती तो परीक्षा का एकांत विरोध करते हैं और इसकी बुराइयाँ वास्तव में भयंकर हैं भी। पर हमें तो शिक्षा विभाग चलाना है। हम परीक्षा को कैसे हटा सकते हैं ? हमें परिणाम की भी आवश्यकता है। और हम परीक्षा न लें,

तो संभव है, शिक्षक मन लगाकर पढ़ाना ही छोड़ दें। यदि प्रामाणिक शिक्षक पढ़ाता रहे, तो भी वह पढ़ाना जानता है या नहीं, परीक्षा के अभाव में हमें इसका पता कैसे चलेगा? और इस सब के अलावा, यह जानने का भी कोई तरीका तो होना ही चाहिए कि विद्यार्थी ने पढ़ने में कुछ तरक्की की है या नहीं? इस कठिन समस्या के संबंध में तुम्हारी क्या राय है?''

मैंने कहा, ''जी, आपकी समस्या वास्तविक है। जब तक चाहे जो विद्यार्थी पढ़ता है और चाहे जो शिक्षक पढ़ाता है, तब तक परीक्षा की आवश्यकता भी रहेगी। परीक्षा हटाई तो तभी जा सकती है, जब विद्यार्थी दिल की उमंग के वश होकर पढ़ने आए और सामने से पढ़ाने में कुशल, कलाकार शिक्षक पढ़ाने की उमंग से पढ़ाने बैठे। लेकिन आजकल की इस 'भड़ैती' स्थिति में तो परीक्षा के प्रवेश की पूरी गुंजाइश है।''

डायरेक्टर साहब ने कहा, ''तो भई, मैं इस संबंध में कुछ सुधार करना चाहता हूँ।''

मैंने कहा, ''आज आप केवल छह माही और सालाना परीक्षा लेते हैं, इसके बदले मासिक परीक्षा लेना शुरू कीजिए। यदि विद्यार्थी के लिए परीक्षा की कसौटी पर कसा जाना आवश्यक ही है, तो परीक्षा का जितना विशेष परिचय उसे होगा, उसका त्रास उतना ही घटेगा। अति परिचय से त्रास भी सह्य बन जाता है। दूसरे, परीक्षा होशियार विद्यार्थियों की प्रगति को मापने के लिए नहीं, बल्कि कच्चे और कमजोर विद्यार्थियों को जगाने के लिए, उनकी कमजोरी का ठीक पता लगाने के लिए ली जाए। दृष्टि-बिंदु का यह महत्त्वपूर्ण परिवर्तन है। तीसरे, जिन विद्यार्थियों को विश्वास हो कि वे अपने विषय को जानते हैं, उन्हें परीक्षा से मुक्त रखा जाए। विद्यार्थी स्वेच्छा से अपनी कमजोरी जँचवाने लिए परीक्षा दें और उन्हें हम यह समझा दें कि जो अपनी कमजोरी की जाँच नहीं करता, उसे कमजोरी दूर करने का मौका नहीं मिलता। परीक्षा उन्हीं विषयों की ली जाए, जो परीक्षा द्वारा जाँचे जा सकते हैं; बाकी विषयों को परीक्षा से मुक्त रखा जाए। और परीक्षा के समय विद्यार्थियों को पाठ्यपुस्तकें देखकर उत्तर देने की स्वतंत्रता भी दे दी

जाए। हम उनसे कह दें कि जो चीज याद न हो, उसे पुस्तक में देख लो और फिर उत्तर दो। जो जवानी कह न सकें, वे किताब में देखकर समझाएँ। जवाब देते समय विद्यार्थी पाठ्यपुस्तक का कैसा उपयोग करता है, इसी में तो उसकी परीक्षा है। इसके अलावा हम विद्यार्थियों को तीन श्रेणियों में विभक्त कर दें—ऊपर के दर्जे में चढ़ने लायक, नालायक और कमजोर, जो आगे पक्के बनकर चढ़ने लायक हैं। पहले नंबर पास और दूसरे नंबर पास का रिवाज ही मिटा दिया जाए।''

डायरेक्टर साहब बात काटकर बोले, ''तो भई, अगले साल मुझे तुम्हें अपना सहायक बनाना होगा।''

मैं मुसकराया और आगे कहना शुरू किया, ''और परीक्षा शिक्षकों द्वारा ही ली जानी चाहिए। वे ही अपने विद्यार्थियों की शक्ति को अधिक परख सकते हैं। उनकी अशक्ति के कारणों से भी वे परिचित रहते हैं और ऊपर के दरजे में चल सकेंगे या नहीं, इसे ठीक तरह से वे ही बता सकते हैं। हाँ, एक सहायक की आवश्यकता तो है; विद्यार्थियों की परीक्षा लेने के लिए नहीं, बल्कि परीक्षक की परीक्षा लेने के लिए, यह देखने के लिए कि परीक्षक बराबर परीक्षा लेना जानता है या नहीं।''

डायरेक्टर साहब बोले, ''यह और एक अनोखी बात तुमने सुझाई।''

मैंने कहा, ''जी हाँ, बात तो कुछ ऐसी ही है।''

परीक्षा के संबंध में मुझे कुछ और भी कहना था, लेकिन साहब के भोजन का समय हो चुका था और वे उठ खड़े हुए थे। अंत में हँसते-हँसते वे कहने लगे, ''अच्छा, तो इस संबंध में हम एक बार और विचार करेंगे। अब एक बार सब शिक्षकों के सामने तुम इस पर एक भाषण भी देना।''

मैंने उन्हें नमस्कार किया और मन में यह गुनगुनाता हुआ चल दिया कि सिर्फ भाषण सुनकर सुधरने वाले शिक्षक हैं कहाँ? परीक्षा के मोह से उन्हें मुक्त करना बहुत मुश्किल है। फिर भी अगर किसी तरह यह संभव है, तो सिर्फ डायरेक्टर साहब की आज्ञा से संभव है। लेकिन वे बेचारे तो···।

3

चौथी कक्षा के छात्र भूगोल के नाम और विषय से कुछ तो परिचित थे। मैंने नक्शे मँगाए और काठियावाड़, गुजरात और बंबई इलाके के नक्शे दीवार पर टाँगे। लड़कों को आश्चर्य सा हुआ। आज दिन तक मैंने उन्हें भूगोल पढ़ाया ही नहीं था। वे अपनी नोट-बुकों में से कागज फाड़ने और उसकी नलियाँ बनाकर छोटी अंगुलियों पर चढ़ाने लगे। यह सब मैं देखता रहा।

मैंने पूछा, "तुमने ये नलियाँ क्यों बनाई ?"

लड़कों ने कहा, "साहब, नक्शा घोखने के लिए।"

मैं चौंक पड़ा, "नक्शा भी घोखा जाता है! भूगोल शिक्षण ने तो गजब कर डाला!" कुछ देर के मनोरंजन के लिए मैंने लड़कों से कहा, "भला, भावनगर तो देखकर बताओ।"

एक लड़के ने बंबई प्रांत के नक्शे पर चौतरफा नजर दौड़ाई। बंबई पढ़ा, अहमदाबाद पढ़ा, हैदराबाद पढ़ा और नीचे उतरकर पूना पढ़ा; फिर इस तरफ आकर पोरबंदर पढ़ा; पीछे खड़े हुए दो-तीन लड़कों ने भावनगर खोज रखा था। उनकी नलियाँ भावनगर दिखाने को अधीर हो रही थीं। आखिर एक ने बिना पूछे भावनगर दिखा ही तो दिया।

मैंने पूछा, "भावनगर किस दिशा में है ?"

लड़कों ने ऊँचाई, नीचे, दाएँ, बाएँ देखकर मन में कुछ हिसाब सा लगाया और कहा, "जी, उत्तर में।"

दूसरा लड़का बोला, "उत्तर तो ऊपर की ओर है, यह तो पूर्व कहलाता है।"

मैं हँस पड़ा। मैंने कहा, "ऊपर तो आकाश है; वहाँ उत्तर कहाँ है ?"

लड़के बोले, "जी, नहीं। ऊपर उत्तर और नीचे दक्षिण।"

दूसरा लड़का बोला, "जी, उत्तर-दक्षिण लंबा और पूरब पश्चिम चौड़ा।"

तीसरा बोला, "जी, सूरज उगता है, उस तरफ पूरब।"

मैंने कहा, "दिखाओ, इस नक्शे में सूरज कहाँ है ?"

सब सोच में पड़ गए।

मैंने पूछा, ''शत्रुंजय नदी दिखाओ।''

लड़कों ने नली से नदी दिखा दी।

मैंने पूछा, ''यह किसमें मिलती है ?''

नक्शे में पढ़कर लड़कों ने जवाब दिया, ''खंभात की खाड़ी में।''

मैंने पूछा, ''इधर अरब समुद्र में क्यों नहीं मिलती ?''

एक लड़के ने कहा, ''जी, यह तो उसकी मरजी। उसे खंभात की खाड़ी में ही मिलना होगा।''

मैंने पूछा, ''यह नदी यों निचाई में क्यों मिलती है ?''

लड़का बोला, ''जी, ऐसे ही तो बहेगी! देखिए न, दक्षिण इधर नीचे की तरफ ही तो है ?''

मुझे ताज्जुब हुआ। पिछले साल पढ़ा हुआ भूगोल वे भूले न थे। सफल रटाई का यह एक उदाहरण था। इस साल भी मैं इसी तरह सिखा सकता था। लेकिन वह कोई भूगोल की शिक्षा होती ? मैंने लड़कों से कहा, ''अब नक्शे बंद कर दो। एक महीने के बाद हम भूगोल शुरू करेंगे। अभी कुछ दिन तो तुम चित्र बनाओ।''

लड़के मेरे सामने देखने लगे। चित्रों का विषय शाला में नया ही था। पाठ्यक्रम में उसे स्थान मिला ही न था। शाला में ऐसी सृजनात्मक प्रवृत्ति को जगह न थी, लेकिन मुझे ऐसा एकाध कार्य आरंभ करना था।

दूसरे दिन मैंने लड़कों से कहा, ''देखो, तुम चित्र बनाओ; जो चाहो, बनाओ; जैसे चाहो बनाओ; जैसे आए, बनाओ। देख-देखकर बनाओ, नकल करके बनाओ, याद करके बनाओ चाहे, जैसे बनाओ। आदमी बनाओ, ढोर बनाओ, पक्षी बनाओ, पतिंगे बनाओ, पेड़ बनाओ, फूल बनाओ, आकाश बनाओ, घर बनाओ, पदार्थ बनाओ, नक्शे बनाओ, जो चाहो, बनाओ!''

बस, फिर क्या था पट्टी पर कलम से चित्र बनने लगे! बाँके-टेढ़े, जैसे-तैसे, कई प्रकार के चित्र बनने लगे। सुबह का सारा समय चित्रों में बीत गया। घंटी बजी, तब सबकी आँखें ऊपर उठीं। कक्षा का समय पूरा हो चुका था।

मैंने लड़कों से कहा, "जिनके माता-पिता पेंसिल और कागज दें, वे कॉपी पर चित्र बनाएँ। बाकी सब पट्टी पर।"

दो-चार दिन इसी तरह बीत गए। इस बीच अनेक चित्र बन गए, ऐसे कि जिन्हें चित्रकार फूटी आँखों भी न देखें। फिर भी वे चित्र विद्यार्थियों की अपनी कल्पना के, उनकी अपनी शक्ति के परिणाम थे।

मैंने सोचा, "इन चित्रों का हिसाब और संग्रह रहना चाहिए। कुछ कष्ट उठाकर साहब से मिला। एक ओर से कोरे रहे कागज निकलवाए और साहब से दो दर्जन रंगीन पेंसिलें लीं। साहब ने हँसते-हँसते कहा, "फिर पढ़ाई को एक ओर रखकर तुमने चित्रों का यह नया विषय निकाला मालूम पड़ता है!"

हर एक विद्यार्थी से चित्र के विषय के अनुसार एक-एक कॉपी बनवाई और विषयक्रम के अनुसार उसमें चित्र बनाने को कहा गया। चित्रों के वातावरण के रूप में मैंने नीम की सलियाँ, पीपल के पत्ते, तुलसी की मंजरी और बारहमासी तथा अकाव के फूल रखे। व्यापारी की दुकान से तरह-तरह के छपे किनारों के टुकड़े नमूनों के लिए लाकर रखे। अपने कुछ मित्रों के घर से दो-चार अच्छे चित्र लाकर कक्षा में टाँग दिए। सदा उपयोग में आनेवाली अनेक चीजें, जैसे—दवात, कलम, डिब्बी, पेटी वगैरह सजाकर तरतीब से रखी। एक तख्ते पर बड़े-बड़े अक्षरों में लिखा—"चित्र बनाओ, चित्र बनाओ, चित्र बनाओ! अपने आप बनाओ। तुम चित्र बनाना जानते हो। रोज-रोज अच्छे-अच्छे चित्र बनते जाते हैं। चित्र बनाओ!"

लड़के चित्रों के पीछे ऐसे पड़े कि धूम मच गई। कुछ ने तो छपाई और बेलबूटे का काम असल की तरह करके दिया। किसी ने फूलों के रंग-जैसा ही रंग अपने फूलों में भरा। कोई चित्र बनाता ही न था, तो कुछ दूसरे बैठे-बैठे यही देख रहे थे कि चित्र किस तरह बनाए जा रहे हैं।

एक पखवाड़े के बाद मैं हाई स्कूल के एक चित्र-शिक्षक को बुला लाया। मैंने उनसे कहा, "आपको चित्र बनाना सिखाने की आवश्यकता नहीं है। तख्ते पर आप अपनी रुचि के चित्र बनाते चलिए। पर धीमे-धीमे और जरा सफाई के साथ बनाइएगा। पेड़ देखकर पेड़ बना दीजिए, कुरसी

देखकर कुरसी बना दीजिए।'' चित्र-शिक्षक ने ऐसा ही किया और विद्यार्थी तल्लीन होकर देखते रहे। दूसरे दिन चित्रों का काम और भी जमा। ऐसा जान पड़ता था, मानो विद्यार्थियों ने चित्र बनाने के नियमों को विशेष रूप से समझ लिया है। इसके बाद मैंने उनके चित्रों के नीचे तारीख और नाम लिखवाना शुरू किया।

इसी तरह कुछ दिन और बीतने के बाद उन चित्रकार सज्जन को फिर बुलाया और उनसे मैंने छात्रों को यह समझाने की प्रार्थना की कि रेखाचित्रों या आलेखन-चित्रों में रंग कैसे भरा जाता है। चित्रकार ने एक, दो, तीन, चार, पाँच, इस प्रकार कुछ चित्रों में सफाई के साथ पेंसिल से रंग भरकर दिखा दिया। विद्यार्थियों को रंग भरने की एक नई तरकीब हाथ लग गई।

थोड़े दिनों बाद मैंने अपने एक सर्वेयर मित्र को बुलाया और उन्हें पाठशाला को मापकर उसका नक्शा बना देने को कहा। मैं और मेरे मित्र पाठशाला का 'प्लैन' मापते थे और लड़के हमारे साथ-साथ घूमते थे। लड़कों की आँखों के सामने हमने उन्हें कागज पर मकान का नक्शा खींचकर दिखाया। दो-चार दिन तक मैंने लड़कों को सर्वेयर के ऑफिस में भेजा और वहाँ उन्हें यह समझाया गया कि नक्शानवीस लोग गलियों के, गाँव के और डांड वगैरह के नक्शे किस प्रकार बनाते हैं। एक- बार दो लड़कों को पैमाइशवालों के साथ गाँव की सरहद पर ले गया और उन्हें प्रत्यक्ष पैमाइश का काम दिखाया। इस प्रकार अब लड़के विद्यालय का, कमरे का, अपने घर का, गली का और कभी-कभी कुएँ एवं तालाब का भी चित्र बनाने लगे। उनकी चित्रकला को बढ़ाने के लिए मैं कभी-कभी उन्हें प्रकृति में घुमाने के लिए भी ले जाता था। आँखों को किसी वस्तु के आकलन का अभ्यास कराने के लिए मैं उन्हें तरह-तरह के खेल खेलाता था, जैसे—किसी पेड़ पर दृष्टि डालते ही उसके तने और डालियों आदि को देखकर या आँखें बंद रखकर उन्हें कागज पर बना लेना; सूर्योदय के समय के रंगों को निरखकर उन्हें ध्यान में रखना; सायंकाल के बदलते हुए रंगों की झुबिया देखना; इस बात का स्वानुभव प्राप्त करना कि दूर से पेड़ कैसा दीखता है और पास से कैसा; पेड़, पदार्थ, पर्वत, मनुष्य और

उनकी छाया के प्रकारों को ध्यानपूर्वक देखना, आदि–आदि। इस प्रकार कुछ ही दिनों में मेरी कक्षा में चित्रकला का काम बढ़िया चल निकला।

4

एक दिन हाई स्कूल से मैं एक दूरबीन (बाइनॉक्यूलर) ले आया। लड़कों को मैंने उसमें दिखाया कि दूर की चीजें किस प्रकार नजदीक दिखाई देती हैं। उन्हें बड़ा आश्चर्य हुआ। सारा दिन बारी–बारी से वे दूरबीन को आँख पर लगाए रहे। रात मैं ग्रहों और तारों को देखने का एक 'टेलीस्कोप' ले आया। मेरे मित्र कहने लगे, "भई, तुम बड़े ही उद्योगी हो!"

मेरे साथी शिक्षक तो अब बहुधा ऐसे सब अवसरों पर मेरे साथ ही रहते थे। मेरी निंदा छोड़कर मुझसे कुछ सीखने को वे अभिमुख हुए थे। डायरेक्टर साहब ने उनकी सम्मति से यह ठहरा दिया था कि सप्ताह में एक–एक घंटा सब मेरी कक्षा में आकर देखा करें कि मैं किस तरह काम करता हूँ।

शाम को मैंने अपने विद्यार्थियों को चंद्रमा और तारे दिखाए। देखते ही वे 'अहा‥हाहा' पुकार उठे!

चंद्रमा दिखाते हुए मैंने कहना शुरू किया, "देखो, चंद्रमा में वह जो चरखा चलाती हुई बुढ़िया और बकरी दिखाई पड़ती है, वे चंद्रमा पर बड़ी–बड़ी खाइयाँ और पर्वत हैं; वहाँ इतनी ज्यादा सर्दी पड़ती है कि मनुष्य बिल्कुल जी ही नहीं सकते।" सुनकर लड़के मेरा मुँह ताकने लगे।

मैंने कहा, "हम जिस धरती पर रहते हैं, वह और चंद्रमा दोनों बहनें हैं और सूर्य इनका पिता है।"

विद्यार्थी अचंभे में भरकर मेरी तरफ देखने लगे।

एक ने पूछा, "यह कहानी किस किताब में लिखी है?"

मैंने कहा, "यह कहानी नहीं, सच्ची बात है।"

लड़के बोले, "हो नहीं सकती!"

मैंने कहा, "भई, ऐसा ही है।"

और इसी सिलसिले में मैंने यह बताना शुरू किया कि सूर्य से पृथ्वी

कैसे निकली। और फिर तो बात का रंग जमा और दिन-पर-दिन बीते। इस दरम्यान मैंने उन्हें बताया कि पृथ्वी की सतह ठंडी कैसे हुई, गड्ढे, टीले, खाई और पर्वत कैसे बने, सरोवर और नदियाँ कैसे बनीं, शैवाल, जलजंतु, मछली, मेढक, जल-थल के प्राणी, जंगल और जंगली मनुष्य तथा उनसे धीरे-धीरे आज के मनुष्य कैसे बने? ये बातें बड़ी अद्‌भुत थीं। लड़के अत्यंत एकाग्रता से इन्हें सुनते थे। हमारे प्रधानाध्यापक सातवीं कक्षा के छात्रों को भी यह सब सुनने को भेजने लगे।

एक दिन मैं पृथ्वी का गोला ले आया और लड़कों को कहा, "देखो, मैं तुम्हें समझा चुका हूँ कि ये सारी चीजें इस पर कैसे बनीं।"

मैंने छात्रों को समझाया कि पानी और जमीन कहाँ हैं, काले और गोरे लोग कहाँ रहते हैं, पीले और लाल लोग कहाँ रहते हैं, ठिगने-बौने और ऊँचे लोग कहाँ रहते हैं। इसके बाद मैंने पृथ्वी के प्राकृतिक विभाग और उनके नाम बताए। फिर यह बताया कि हम एशिया में हैं। एशिया में यह जो दिखता है, वह हिंदुस्तान है। हिंदुस्तान में यह काठी लोगों का प्रदेश काठियावाड़ है और फिर यह बताया कि हम यहाँ भावनगर में रहते हैं।

मैंने लड़कों से कहा, "यह गोला लो, और उस संदूक में से वे नक्शे निकाल लो। फिर यह ढूँढ़ो कि इस गोले पर ये नक्शे कहाँ-कहाँ मिलते हैं।"

मैं लड़कों को रोज कुछ-न-कुछ नई बात देखने को कहने लगा। मैंने कहा, "तुमने आज तक जो-जो गाँव और शहर देखे हों, उन्हें ढूँढ़ निकालो। यह भी देखो कि वहाँ किस रास्ते जाया जाता है? रास्ते में कौन-कौन सी नदियाँ पड़ती हैं और कौन-कौन से गाँव आते हैं।"

यह एक तरीका हुआ। दूसरी ओर, मैं अफ्रीका देख चुका था, इसलिए अफ्रीका का नक्शा सामने रखकर मैं उन्हें अफ्रीका की बातें सुनाने लगा। मैंने विक्टोरिया नियाजा, टांगानीका, जांबेसी और नाइल की, अफ्रीका के सिंहों और हाथियों की, वहाँ के बाशिंदों, मस्साई और कोवीरोंडों की बातें बताईं। फिर एक दिन मैंने कहा, "ये हमारे आस-पास जो कोली, कुम्हार, अहीर, गड़रिया वगैरह लोग रहते हैं, इन्हें तो प्रत्यक्ष देख आओ। और यह

कहकर इस दृष्टि से उनके साथ मैंने एक-दो यात्राएँ अपने गाँव की डांड की, नदी-किनारे की और पहाड़ों की और उनमें भूतल के अध्ययन की अभिरुचि उत्पन्न की।

इसके बाद मैंने उनके लिए भूगोल-संबंधी एक वाचनालय बनाने का विचार किया, लेकिन यात्रा-वर्णन की वैसी सुंदर पुस्तकें हमारी भाषा में नहीं मिलीं। जो मिलीं, वे ही उन्हें देकर कहा, ''पुस्तक पढ़ते जाओ और नक्शा देखते जाओ। यात्री कहाँ से कहाँ जाता है, देखो और उसके साथ घूमो।''

विद्यार्थी यात्रा-वर्णन की किताबें पढ़ना पसंद करते हैं। एक-दो विद्यार्थियों को 'काठियावाड़-सर्व-संग्रह' में बड़ा आनंद आया। नक्शे पर से एक गाँव चुनकर वे सर्व-संग्रह में से उसके संबंध की बातें पढ़ने लगे। इस प्रकार कई परिचित और अपरिचित गाँवों के विषय में उन्होंने जानकारी हासिल कर ली। श्री रविशंकर रावल के चित्रों ने उन्हें अहमदाबाद का सुंदर परिचय करा दिया। हर एक महत्त्वपूर्ण स्थान के ऐसे चित्राधार तैयार मिल सकें, तो कितना अच्छा हो? एक दिन श्री रविशंकरजी आए। उनके पास मद्रास के दृश्यों की एक फिल्म थी। मैंने लड़कों को वह फिल्म दिखाई। एक ओर जहाँ सिनेमा नुकसानदेह है, वहाँ दूसरी ओर वह शिक्षा का एक कीमती साधन भी है। दूर के दृश्यों को हूबहू दिखाने से छात्रों की भौगोलिक दिलचस्पी बढ़ती जाती है। एक बार 'सीजर्स सिगरेट' के कुछ पत्ते मेरे हाथ लग गए। उनमें देश-विदेश के मनुष्यों के चित्र रहते हैं। वे चित्र भी मैंने छात्रों को देखने को दिए। मेरा उद्देश्य उन्हें सारी दुनिया का ज्ञान करा देना न था; मेरा हेतु यह भी न था कि उन्हें कुछ याद रह जाए। मैं तो केवल उनके मन में बैठा देना चाहता था कि दुनिया बहुत ही विशाल है, उसमें बहुतेरी बातें देखने और जानने जैसी हैं और उन्हें देखने के ये-ये साधन हैं। बस मेरे लिए तो इतना ही काफी था।

मैंने एक दूसरा खेल भी शुरू किया था। उसका नाम था, ''चलो, हम यात्रा पर चलें।'' छात्र भावनगर से अहमदाबाद, द्वारका, बंबई, हिमालय,

विलायत वगैरह को रवाना होते। फिर कैसे रवाना होना, किन-किन गाड़ियों में बैठना, कहाँ-कहाँ गाड़ियाँ बदलनी, कौन-कौन से देखने योग्य स्थान हैं, वहाँ क्या-क्या देखने लायक है, कितने दिनों में यात्रा पूरी होगी, किन-किन से मिलना होगा, क्या-क्या खरीदना होगा, आदि बातों का विचार करते, सचमुच के खर्च का अंदाजा निकालते और शहरों की 'गाइड' देखकर यात्रा में दर्शनीय स्थानों के नाम नोट करते और भूगोल से प्रसिद्ध चीजें पढ़-पढ़कर क्या-क्या खरीदनी होंगी, उन्हें निश्चित करते। सचमुच ही यात्रा को निकले हों, इस ढंग से वे सारी बातों का अध्ययन करते। यह अध्ययन मैं भूगोल समझने की रीति के एक नमूने के तौर पर करता था। बाकी का काम विद्यार्थियों पर छोड़ देता था। कभी वे नक्शे में इस बात की टोह लगाते कि दियासलाई का बक्स कहाँ से आया है ? कभी यहाँ की रुई विलायत जाती है, तो किस-किस रास्ते जाती है, यह जानने के लिए वे कल्पना में रुई की गाँठ पर बैठकर रवाना होते। कभी बाजार में घूमने जाते और एक दूकान में कौन-कौन से देश और शहर इकट्ठा हुए हैं, इसका पता लगाते। कभी नदियों के नामों की, तो कभी पहाड़ों के नामों की, कभी देशों के नामों की और कभी शहरों के नामों की, इस प्रकार भौगोलिक वस्तुओं और भौगोलिक नामों की अंत्याक्षरी का खेल खेलते। चित्रकला में विद्यार्थी जिस प्रकार प्रेम से पेड़ का चित्र बनाते, उसी प्रकार देश- देश के नक्शे बनाने में भी उन्हें आनंद आता। वे अपने बनाए हुए नक्शे में अपने देखे हुए, पढ़े हुए या सुने हुए गाँवों, नदियों और पहाड़ों को दिखाते और अधिक स्थान दिखाने के लिए भूगोल पढ़कर जानते कि नए गाँव कहाँ हैं; किस जगह हैं। इस प्रकार हमारी कक्षा में भूगोल की पढ़ाई चलती थी।

मेरे शिक्षक भाइयों ने एक दिन मुझसे कहा, "भई, यह काम तो बस तुम्हीं कर सकते हो। इतनी सारी बातें हमें तो जानने को भी नहीं मिलतीं। हमें इस प्रकार भूगोल की चर्चा करना भी नहीं आता।"

मैंने कहा, "भाइयो! सबकुछ आ सकता है। इसके लिए हमें थोड़ा उद्योग अवश्य करना चाहिए और हम में उत्साह भी होना चाहिए।"

5

वार्षिक परीक्षा का समय निकट आ रहा था। मैं अपने काम का हिसाब लगाने बैठा। बैठे-बैठे मैं गणित का विचार करने लगा। यह नहीं कि अब तक मैंने गणित को हाथ ही न लगाया हो; लेकिन इसकी चर्चा करने की इच्छा आज हुई। गणित की परीक्षा लेने की दृष्टि से जब मैंने अपनी कक्षा के लड़कों को उदाहरण माला के कुछ सवाल छुड़ाने को दिए, तो सबने सवाल सही-सही छुड़ा दिए। पहले तो मैंने सोचा कि ये सब इसमें पक्के हैं; और यह अच्छा ही रहा कि जिस विषय में मैं कोई विशेष नया काम करके दिखा नहीं सकता था, विद्यार्थियों का वह विषय ठीक था। लेकिन जब मैंने धीरे से गणित के प्रश्नों के मूल में स्थित तर्क की बात छेड़ी, रीति का कारण पूछा, तो मुझे अंधकार के दर्शन हुए। मैंने देखा कि छात्रों को जोड़, गुणा, बाकी आदि का ज्ञान है, लेकिन यह ज्ञान नकली और यंत्रवत् है। मैं सोचने लगा, इसका उपाय क्या हो सकता है? मैं असमंजस में पड़ गया। एक तो गणित का विषय मुझे इतना प्रिय न था। दूसरे, उसकी पढ़ाई के दोषों को मैं समझता था, लेकिन उन्हें दूर कैसे किया जाए, इसकी खोज मैंने नहीं की थी। ऐसे समय मेरे लिए यह एक कठिन प्रश्न-सा हो गया कि में क्या करूँ? डिप्टी डायरेक्टर साहब के पास गया और उनसे मैंने साफ-साफ कहा, ''साहब, गणित के संबंध में मैं कोई नई बात करके दिखा न सकूँगा। हाँ, लड़कों को भलीभाँति समझाकर पढ़ा दूँगा और पाठयक्रम पूरा करा दूँगा।''

डायरेक्टर साहब बोले, ''ऐसा क्यों? क्या गणित की पढ़ाई में सुधार की गुंजाइश नहीं है।''

मैंने कहा, ''जी, है तो। लेकिन वह सुधार या परिवर्तन मूल ही में होना चाहिए। बालक को गिनती सिखाने के समय से ही उचित पद्धति बता देनी चाहिए। गणित का विषय ही ऐसा है कि एक बार तर्क से वह मन में न बैठा, तो सदा के लिए कमजोर ही रह जाता है।''

डायरेक्टर साहब ने कहा, ''लेकिन तुम उन्हें आरंभ से ही गणित क्यों नहीं सिखाते?''

मैंने कहा, "इसके लिए समय कहाँ है? और समय हो, तो भी इन विद्यार्थियों को, जिन्हें यंत्रवत् काम करने की आदत पड़ चुकी है, जो गणित में कारण पूछते ही नहीं, गिनते चले जाते हैं, ठीक रास्ते पर लाना कठिन है, बहुत कठिन है।"

डायरेक्टर ने कहा, "तो फिर इन लड़कों का गणित··· ।"

मैंने कहा, "यों तो मैं भरसक अच्छी तरह सिखा दूँगा। लेकिन मेरे कहने का आशय यह है कि इस विषय में जो कुछ प्रयोग किए जा सकते हैं, उन्हें मैं कर नहीं सकूँगा।"

डायरेक्टर साहब ने पूछा, "मान लो कि तुम्हें पहली कक्षा ही सौंपी जाए, तो तुम उस पर गणित के प्रयोग करोगे या नहीं?"

मैंने कहा, "आशा तो रखता हूँ कि गणित के प्रयोग मैं एक-दो की गिनती से ही शुरू करूँ। तभी में विश्वासपूर्वक कह सकता हूँ कि देखो, यह रीति अच्छी है। मैं जानता हूँ कि मेरे शिक्षक भाइयों को गणित के संबंध में किसी-न-किसी पद्धति पर चलने का शौक है। अगर अगले साल मुझे प्रयोग करने का सौभाग्य मिला, तो मैं और चंद्रशंकर इस विषय में अवश्य प्रयोग करेंगे। मैं समझता हूँ कि मोंटीसोरी-गणित पद्धति अच्छी है। वह स्वाभाविक है, मैंने उसका वाचन और मनन किया है, पर अनुभव अभी नहीं कर पाया हूँ।"

उन्होंने मुझसे पूछा, "अगले साल तुम यहाँ डिप्टी का, अध्यापन मंदिर के शिक्षक का और गणित के प्रयोगकर्ता का स्थान ग्रहण करोगे?"

मैंने जवाब में कहा, "जी, सो तो जैसी प्रभु की इच्छा हो! लेकिन इस बार के लिए तो मैं आपसे यह कह देता हूँ कि गणित के विषय में मैं कोई खास नई बात नहीं दिखा सकूँगा।"

6

वार्षिक परीक्षा निकट आई। मैं अपने ढंग से विद्यार्थियों से परीक्षा की तैयारी कराने लगा। विद्यार्थी बड़े उत्साह से तैयार हो रहे थे। मुझे विश्वास था कि मेरे विद्यार्थी परीक्षा में अवश्य सफल होंगे।

परीक्षा का दिन आया। अधिकारी महोदय ने सब कक्षाओं की परीक्षा ले ली। आज मेरी कक्षा की बारी थी। हमारी शर्त के अनुसार स्वयं उन्हीं को परीक्षा लेनी थी। उन्होंने हँसकर कहा, "लक्ष्मीमंकरजी, मैं तुम्हारी कक्षा की परीक्षा न लूँगा। तुम्हारी कक्षा के सब छात्रों को मैं ऊपर की कक्षा में चढ़ाता हूँ।"

मैंने कहा, "जी नहीं, यह नहीं हो सकेगा। ऐसा करने से मेरे कुछ विद्यार्थियों के साथ न्याय न होगा।"

डायरेक्टर साहब ने पूछा, "यानी उनके साथ अन्याय होगा।" मैंने कहा, "जी हाँ; जो चढ़ाने लायक नहीं हैं, उन्हें मैं ऊपर नहीं चढ़ा सकता।"

डायरेक्टर बोले, "लेकिन, मुझे दिख रहा है कि तुमने सबको भलीभाँति पढ़ाया है और तुम्हारी यह पढ़ाई मुझे मंजूर है।"

मैंने कहा, "जी, आप ठीक कहते हैं; लेकिन मेरी पद्धति का असर सब पर एक सा तो नहीं होता। किसी-किसी छात्र का तो वह स्पर्श तक नहीं कर पाई है। वे कोरे और अछूते ही रह गए हैं।"

डायरेक्टर साहब ने पूछा, "तो उनके लिए तुमने क्या सोचा है?"

मैंने कहा, "जी, उनमें से किसी-किसी को तो पाठशाला ही छोड़ देनी चाहिए। राघव नाई का लड़का इतिहास, भूगोल या गणित का जीव नहीं है। वह इस शाला के वातावरण में उद्विग्न रहता है। पर वह इतना चलता-पुर्जा है कि सौ नाइयों का सेठ बनकर हजामत की एक बड़ी सी दुकान खोल सकता है। उसे हजामत में कुशलता प्राप्त करने और 'सलूनों' की व्यवस्था सीखने के लिए बंबई भेजना चाहिए।"

डायरेक्टर साहब ने कहा, "अच्छा और कौन-कौन हैं, जो पाठशाला के लिए अयोग्य हैं?"

मैंने कहा, "जी, वे पाठशाला के लिए अयोग्य नहीं हैं, बल्कि पाठशाला उनके लिए अयोग्य है। जिस काम के वे लायक हैं, शाला उन्हें वह काम सिखाती नहीं।"

डायरेक्टर साहब बोले, "अच्छा, ऐसे ही सही। लेकिन ऐसे कौन-कौन लड़के हैं?"

मैंने कहा, "जीवन सेठ का 'नेमी' पुलिस-विभाग के लायक है। उसे अखाड़े में भरती करा कीजिए। सेठजी उसके लिए यात्रा का थोड़ा-बहुत प्रबंध कर दें और वह किसी अच्छे फौजदार के पास रहकर थोड़ा कानून पढ़ ले। पाँच साल में फक्कड़ जमादार बन जाएगा। अभी से वह आधे विद्यालय पर तो जमादारी कर ही रहा है।"

उन्होंने पूछा, "अच्छा, और कौन-कौन लड़के कमजोर हैं?"

मैंने कहा, "जी, इस प्रकार के तीन छात्र और कमजोर हैं। उन्हें मैं इन छुट्टियों में अपने पास रखूँगा और अगले दर्जे के लिए तैयार करूँगा। साहब, हमारी वर्तमान पाठशालाओं की रीति-नीति और पाठ्यक्रम की कठोरता का कोई उपाय आप नहीं कीजिएगा?"

डायरेक्टर साहब ने कहा, "अभी इस विषय को रहने दो, मैं कई बार तुमसे कह चुका हूँ कि इस संबंध में मेरे हाथ-पैर बँधे हुए हैं। अच्छा, तो तुम्हारी कक्षा की परीक्षा समाप्त मानी जाए?" मैंने कहा, "जी नहीं।"

डायरेक्टर साहब ने विनोद के स्वर में कहा, "मालूम होता है, छह माही परीक्षा की तरह आज भी तुमने कुछ विशेष प्रबंध किया है! अब तुम्हारी तरकीबें सब पता चल गई हैं।"

7

आज हमारी पाठशाला का सम्मेलन था। परीक्षा के बाद हर साल ऐसा सम्मेलन होता है। जो विद्यार्थी अच्छे नंबर से पास होते हैं, उन्हें आज के दिन इनाम दिए जाते हैं। सम्मेलन में गाँव के सेठ, साहूकार और अमलदार सभी उपस्थित थे। साहब ने इस अवसर के लिए कार्यक्रम बनाने का काम मुझे सौंपा था। मैंने यह काम अपने विद्यार्थियों को सौंप दिया। जो कुछ किया था, मेरी सूचना और सलाह से उन्हीं ने किया था।

पहले डंडों की ताल पर रास-क्रीड़ा शुरू हुई। आध घंटे तक उन्होंने समा बाँध दिया। फिर शर्तों के खेल चले—दौड़ने की शर्त, लँगड़ी चाल की शर्त, तीन पैर की शर्त, कुरसी की शर्त, आदि-आदि। लोग टकटकी लगाकर खेल

देख रहे थे। खेल खत्म होने पर मूक अनुकरण का अभिनय हुआ। कोई गाँव के सेठजी की, कोई विद्याधिकारी की, कोई फौजदारी और कोई देश-नेताओं की सुंदर नकल करके दिखा रहा था। इसके बाद विद्यार्थी अपने बनाए हुए चित्र ले आए और झुक-झुककर हर एक सज्जन को बारी-बारी से दिखाने लगे। सारा भवन विद्यार्थियों के चित्र देखने में तल्लीन हो गया।

अंतिम कार्य पारितोषिक-वितरण का था। हर साल 125 रुपयों का पारितोषिक बाँटा जाता था। ये पारितोषिक विद्यार्थियों को ही मिला करते थे।

अंत में डायरेक्टर साहब ने खड़े होकर सदा की भाँति दो शब्द कहे। वे बोले—

"सज्जनो! मेरी राय में आज का यह पारितोषिक-सम्मेलन दूसरे प्रकार का है। मेरी बगल में बैठे हुए इन महाशय ने मुझे पारितोषिक के बारे में एक नया सबक सिखाया है। इस साल के रु. 125 का मैं अलग-अलग पारितोषिक नहीं बाँटूँगा, बल्कि इस रकम से इनके नाम पर पाठशाला में एक वाचनालय की स्थापना होगी। मैंने उच्च अधिकारियों से इस आशय की आज्ञा भी प्राप्त कर ली है। आगे से हर साल पारितोषिक की यह रकम वाचनालय को ही मिला करेगी। आपको यह शुभ समाचार सुनाते हुए मैं बड़े हर्ष का अनुभव कर रहा हूँ। व्यक्तिगत पारितोषिक देने से विद्यार्थियों में अभिमान और निराशा पैदा होती है। यह नई व्यवस्था ऐसी है कि इससे पारितोषिक की रकम का फायदा सब उठा सकेंगे। गुझे पारितोषिक की निरर्थकता समझानेवाले और इस सत् प्रयोग का अनुभव करानेवाले इन भाई का मैं यहाँ सार्वजनिक रूप से आभार मानता हूँ।

"इस अवसर पर मैं यह भी बता दूँ कि ये सज्जन एक साल पहले चौथी कक्षा में शिक्षा के प्रयोग करने के इरादे से मेरे पास आए थे। मैं उस समय इन्हें एक पढ़ा-लिखा मूर्ख ही समझता था। मैंने यह सोचकर इन्हें आज्ञा दी थी कि इनके जैसे खब्ती बहुतेरे पड़े हैं, जो कसौटी पर कसे जाने पर भाग खड़े होते हैं। मुझे कहना चाहिए कि मैं इनमें विश्वास नहीं करता था। लेकिन अब मैं सहर्ष स्वीकार करता हूँ कि इनके प्रयोग बहुत सफल हुए हैं। मेरे

विचारों में भी इन्होंने भारी परिवर्तन कर दिया है और अपने अंत:करण में मुझे यह आवाज सुनाई पड़ रही है कि प्राथमिक पाठशाला के इस पुराने ढर्रे का अब शीघ्र ही अंत होगा। हमारे जैसे शिक्षकों और अधिकारियों को अब राजी-खुशी रुखसत लेकर नई पीढ़ी के शिक्षा-शास्त्रियों और कल्पनाशील विचारकों को अपना स्थान सौंप देना चाहिए।

"सज्जनो! मैं नहीं जानता कि अपने आनंद को किस प्रकार व्यक्त करूँ? इनकी कक्षा के इन विद्यार्थियों को देखिए। ये कितने व्यवस्थित, तंदुरुस्त और आनंदी हैं? इनकी शक्ति और बुद्धि के विकास का मैं साक्षी हूँ। इनके संबंध में इनके माता-पिताओं को भी अपना संतोष व्यक्त करते हुए मैंने बार-बार सुना है।" डायरेक्टर साहब का भाषण समाप्त होते ही सम्मेलन की कारवाई खत्म हुई। सब अपने-अपने घर को चले गए।

मैं भी एक वर्ष के अपने सफल प्रयत्नों पर हर्ष मचाता हुआ घर पहुँचा और नवीन शिक्षा के उज्ज्वल भविष्य का मधुर स्वप्न देखने में लीन हो गया।

❑❑❑